Luís de Camões

Os Lusíadas

Adaptação de
Rubem Braga e **Edson Rocha Braga**

Ilustrações de
Carlos Fonseca

editora scipione

Gerente editorial
Sâmia Rios
Editora
Maria Viana
Editor assistente
Adilson Miguel
Revisão
Elo Cultural Comunicação
Nair Hitomi Kayo
Editora de arte
Marisa Iniesta Martin
Diagramador
Jean Claudio da Silva Aranha
Programador visual de capa e miolo
Didier Dias de Moraes
Roteiro de trabalho
Carlos Eduardo Ortolan

editora scipione

• ● •
Ao comprar um livro, você remunera e reconhece o trabalho do autor e de muitos outros profissionais envolvidos na produção e comercialização das obras: editores, revisores, diagramadores, ilustradores, gráficos, divulgadores, distribuidores, livreiros, entre outros.
Ajude-nos a combater a cópia ilegal! Ela gera desemprego, prejudica a difusão da cultura e encarece os livros que você compra.

• ● •

Responsável pela edição original: Maria Cristina Carletti.

Av. Otaviano Alves de Lima, 4400
Freguesia do Ó
CEP 02909-900 – São Paulo – SP

ATENDIMENTO AO CLIENTE
Tel.: 4003-3061

www.scipione.com.br
e-mail: atendimento@scipione.com.br

2018
ISBN 978-85-262-6584-4 – AL
ISBN 978-85-262-6585-1 – PR
Cód. do livro CL: 734180
CAE: 212833
15.ª EDIÇÃO
12.ª impressão

Impressão e acabamento
Bartira

Dados Internacionais de Catalogação na Publicação (CIP)
(Câmara Brasileira do Livro, SP, Brasil)

Braga, Rubem

    Os Lusíadas / Luís de Camões; adaptação de Rubem Braga, Edson Rocha Braga; ilustrações de Carlos Fonseca. – São Paulo: Scipione, 2007. – (Série Reencontro Literatura)

    1. Poesia - Literatura infantojuvenil I. Camões, Luís de, 1524?-1580. II. Braga, Rubem III. Braga, Edson Rocha IV. Fonseca, Carlos V. Título. VI. Série.

07-3470   CDD-028.5

Índices para catálogo sistemático:
1. Ficção: Literatura infantojuvenil 028.5
2. Ficção: Literatura juvenil 028.5

SUMÁRIO

Quem foi Camões? ... 5

Por mares nunca dantes navegados. ... 7

O concílio dos deuses ... 8

Os mouros de Moçambique. ... 10

A visita do regedor ... 13

A armadilha de Baco ... 15

A vingança das bombardas ... 16

Pelos rumos da traição. ... 17

Um altar em Mombaça ... 18

As profecias de Júpiter ... 22

Um encontro com Mercúrio ... 24

Uma festa em Melinde. ... 26

A visita do rei de Melinde ... 28

Uma história cheia de glórias ... 29

O caso triste de Inês de Castro. ... 32

A batalha de Aljubarrota ... 34

O início de tudo. ... 37

O velho do Restelo. ... 39

Pela costa da África ... 40

A pressa de Fernão Veloso ... 43

O gigante Adamastor. ... 44

Na Terra dos Bons Sinais ... 46

No reino de Netuno. ... 49

Os Doze da Inglaterra ... 53

A fúria dos ventos ... 56

Nas terras de Malabar. ... 58

No palácio do samorim ... 61

O falso profeta ... 64

A hora da verdade 66
A traição do catual 68
A troca de reféns 70
O exército de Cupido 71
A Ilha dos Amores 74
A máquina do mundo 77
Quem foi Rubem Braga? 80
Quem é Edson Rocha Braga? 80

QUEM FOI CAMÕES?

E se, em vez da pergunta acima, começássemos com outra: quem Luís Vaz de Camões não foi? Muitas respostas poderiam ser dadas; cada um de nós não é, certamente, uma porção de coisas. No caso de Camões, porém, acertaria quem dissesse: não foi um poeta que fez da poesia, aventura, mas alguém que fez da aventura, poesia. Ou seja, ele não se contentou em viajar à roda de seu quarto.

O ano provável de seu nascimento é 1524, e o local parece ter sido Lisboa. Filho de pequenos nobres empobrecidos, frequentou, segundo alguns registros, a Universidade de Coimbra. Ali, entrou em contato com os autores clássicos gregos e latinos – modelos do humanismo renascentista, o movimento artístico, filosófico e literário que, a partir da Itália, irradiara-se pela Europa, determinando novos valores estéticos e morais, através dos quais o homem havia adquirido um papel fundamental na transformação do mundo.

Esse mundo também ganhava novos limites geográficos, com os descobrimentos e conquistas de Espanha e Portugal. Graças aos dois reinos ibéricos, chegou-se à América, em 1492, e foi aberto, em 1497, o caminho marítimo para a Índia, terra das especiarias, mercadorias de grande valor na época. A cada dia, mais e mais homens eram chamados a participar de tão emocionantes acontecimentos.

Entre eles estava Camões. Em 1547, alistou-se como soldado e foi mandado para Ceuta, no Marrocos, onde perdeu o olho direito num combate. De volta a Lisboa, foi preso em 1552, por ferir com um golpe de espada um servidor do rei. Perdoado pelo monarca, partiu para a Índia no ano seguinte. A partir de então, a vida do poeta tornou-se uma sucessão de peripécias.

Participou de várias expedições militares na Índia. Depois viajou para a China, a fim de exercer um cargo administrativo em Macau. No retorno à Índia, naufragou na foz do Rio Mekong, e conseguiu se salvar a nado, conta-se, com os manuscritos de *Os Lusíadas,* que já andava compondo. Após anos na obscuridade, foi encontrado em Moçambique, em 1567, pelo historiador Diogo do Couto, que assim descreveu o estado de penúria do poeta: "Tão pobre que comia de amigos". Regressou a Portugal dois anos mais tarde, com *Os Lusíadas* pronto para publicação, o que se daria em 1572 por concessão do rei D. Sebastião, a quem Camões dedicara sua obra-prima.

Os Lusíadas, aqui adaptado em prosa, é um poema épico dividido em dez cantos, que tem por temas a viagem de Vasco da Gama em busca do caminho marítimo para a Índia e a história portuguesa, desde a luta contra os mouros invasores até a consolidação do Estado luso e as grandes navegações. Sua estrutura narrativa traz influências da *Odisseia,* do poeta grego Homero, e da *Eneida,* do poeta latino Virgílio: em ambas as obras o assunto é a viagem de um herói, símbolo de um povo glorioso, à mercê dos deuses do Olimpo, que estão divididos entre apoiá-lo ou não em sua destemida jornada. Em *Os Lusíadas,* no entanto, os deuses greco-romanos funcionam como "causas segundas", que cumprem, por meio de fenômenos naturais, as determinações de um destino superior, regido pelo Deus cristão. Essa utilização de elementos mitológicos confere ao poema uma atmosfera de sonho, que alivia a exaltação retórica dos feitos portugueses.

Embora *Os Lusíadas* tenha alcançado a fama de poema nacional português, Camões morreu na miséria, em 1580, deixando também uma extraordinária obra lírica, que foi publicada postumamente.

Desse homem que confundiu sua aventura com a aventura de seu país, vale a pena transcrever as últimas palavras: "Enfim, acabarei a vida e verão todos que fui tão afeiçoado à minha pátria, que não me contentei em morrer nela, mas com ela". O rei D. Sebastião morrera em 1578 e, dois anos depois, Portugal passou ao domínio da Espanha. O poeta não suportou tanta tristeza.

Por mares nunca dantes navegados

A frota portuguesa singrava o Oceano Índico, entre a costa oriental da África e a Ilha de Madagascar. O vento brando inchava as velas e uma espuma branca cobria a superfície das águas cortadas pelas proas.

Eram quatro naus. A *São Gabriel*, comandada por Vasco da Gama, que chefiava a esquadra; a *São Rafael*, sob o comando de Paulo da Gama, irmão de Vasco; a *Bérrio*, que tinha por capitão Nicolau Coelho; e a nau que transportava os mantimentos, *São Miguel*, comandada por Gonçalo Nunes.

Levavam 170 homens, entre marujos, escrivães, religiosos e dez degredados. Partiram da Praia do Restelo, em Lisboa, em 8 de julho de 1497, à procura do caminho marítimo para a Índia, o reino das especiarias, como cravo, canela e pimenta, então cobiçadas em toda a Europa.

Em 22 de novembro, dobraram o Cabo da Boa Esperança, no extremo sul da África, façanha só realizada por Bartolomeu Dias, dez anos antes. Mas agora, já haviam ultrapassado o último ponto atingido por aquele navegante na costa oriental da África e continuavam a trajetória para o norte, por águas jamais singradas por naves europeias.

O concílio dos deuses

Enquanto os argonautas portugueses prosseguiam na sua aventura, os deuses iam pelo formoso e cristalino céu da Via Láctea a caminho do Olimpo, de onde a gente humana é governada. Eles haviam sido convocados, por Mercúrio, para um concílio sobre o futuro do Oriente.

No Olimpo, eram aguardados por Júpiter, o pai sublime e senhor dos terríveis raios fabricados por Vulcano. Ele estava em seu trono resplandecente feito de estrelas, com a coroa e o cetro rutilantes, de pedras mais límpidas que o diamante. Do seu rosto emanava um ar tão divino que tornaria também divino qualquer ser humano que o respirasse.

Os outros deuses acomodaram-se em luzentes assentos esmaltados de ouro e pérolas. Na frente, os mais antigos e glorificados. Atrás, os menores. E Júpiter, majestoso, começou a falar em um tom de voz que infundia respeito e temor:

– Eternos moradores do céu estrelado, o Destino determinou que a forte gente de Luso – o bravo companheiro de Baco – realizará proezas que farão cair no esquecimento os assírios, persas, gregos e romanos. Já lhes foi permitido que, embora com um exército pequeno e mal armado, tomassem aos fortes mouros toda a terra banhada pelo Rio Tejo. Também contra os temidos castelhanos eles tiveram o favor do céu sereno. Assim, os lusitanos têm sempre alcançado, com fama e glória, os troféus da vitória. E neste momento, investindo pelo mar perigoso em naus tão frágeis, por caminho jamais seguido, ousam ainda mais, sem temer a força do Vento Áfrico ou do Vento Noto. Depois de conhecerem terras e mares dos hemisférios Norte e Sul, eles se lançam em direção ao berço onde nasce o dia. Pois lhes está prometido pelo Destino o governo do mar que presencia a chegada do sol. É bem justo, portanto, que lhes seja logo mostrada a terra desejada. E já que durante a viagem têm passado por tantos perigos, por tantas intempéries e por tanto furor de ventos inimigos, ordeno que os povos da costa africana os agasalhem como amigos e os reabasteçam, para que alcancem sem demora o Oriente.

Após essas palavras de Júpiter, os deuses, respondendo por ordem de hierarquia, divergiam entre si. Baco não concordava com o que Júpiter dissera, sabendo que seus feitos no Oriente seriam esquecidos caso a gente lusitana chegasse até lá. Ao deus do vinho muito doía perder todas as glórias antigas, ainda então celebradas em Nisa, cidade fundada por ele na Índia.

A opinião de Baco era contestada pela bela Vênus, muito afeiçoada à gente lusitana por ver nela qualidades tão semelhantes às da gente romana, que tanto amava. Eram povos parecidos nos fortes corações e no idioma. E, como já estava escrito pelo Destino, Vênus sabia que seria glorificada em todas as partes onde chegassem os bravos guerreiros portugueses.

Assim, Baco e Vênus insistiam em suas opiniões antagônicas – ele por temor do descrédito, e ela pelas honras que pretendia alcançar. Com os demais deuses tomando o partido de um e de outro, o tumulto que se levantou no consagrado Olimpo foi semelhante ao causado pelos ventos Austro ou Bóreas, quando rompem os ramos das florestas espessas com ímpeto e fúria desmedida. Foi então que Marte se levantou para defender a causa de Vênus – talvez obrigado pelo seu antigo amor pela deusa. Zangado, ergueu a viseira do capacete de diamantes e colocou-se, resoluto, diante de Júpiter. Com o bastão, deu uma pancada tão forte no trono cristalino que fez todo o céu tremer e o sol empalidecer de medo, para depois dizer:

– O senhor, meu Pai, já ordenou que esta gente que agora busca o Oriente não sofra mais privações. Se quer que a determinação do Destino seja cumprida, não ouça mais as razões de quem parece suspeito. Pois se Baco não deixasse o receio vencer a razão, estaria agora defendendo essa gente que descende de Luso, seu amigo. Esqueçamos sua intransigência, movida pelo ódio, pois a inveja nunca sobrepujará o bem merecido. O senhor, Pai, não deve voltar atrás na decisão tomada, pois é fraqueza desistir de coisa começada.

O pai poderoso, satisfeito, concordou com as palavras do valoroso Marte e espargiu néctar sobre todos os deuses, abençoando-os. Em seguida, cada um lhe fez uma reverência e partiu pelo luminoso caminho lácteo em direção à sua morada.

Os mouros de Moçambique

Enquanto isso se passava no formoso Olimpo, os portugueses navegavam entre a costa africana e a Ilha de Madagascar. O ar estava calmo, sem ameaça de perigos. Ultrapassavam Moçambique, quando o mar lhes descobriu novas ilhas.

Vasco da Gama, o valoroso capitão, não vê razões para se deterem ali, pois a terra lhe parece desabitada. E já resolvera prosseguir, quando surge um grupo de pequenos batéis, vindos da ilha mais próxima à costa. Os portugueses se alvoroçam e trocam entre si muitas perguntas:

– Que gente será esta?

– Que costumes, que lei, que rei terão?

As embarcações eram muito velozes, estreitas e compridas, com velas feitas de folhas de palma. Os tripulantes eram negros e trajavam vestes de algodão, brancas ou listadas de várias cores. Vinham todos nus da cintura para cima, com turbantes na cabeça, armados de adagas e punhais, e tocando estridentes trombetas. Acenavam aos lusitanos pedindo que esperassem. As proas das naus se moveram ligeiras para ancorar junto às ilhas. Todos a bordo trabalhavam nisso com tanto ardor como se a viagem estivesse acabando. Por fim, as velas foram arriadas e o mar, ferido pelas âncoras.

Não demorou muito e a gente estranha já subia pelas cordas. Estavam alegres e o capitão os recebeu com cortesia, mandando que lhes fossem servidas comida e bebida. Curiosos, eles perguntavam em árabe:

– De onde vêm vocês? Que buscam?

Vasco da Gama respondeu:

— Viemos de muito longe. Somos súditos de um rei potente, tão amado que por ele navegaríamos até o inferno. E a seu mando estamos buscando, através do mar remoto, a terra oriental, regada pelo Rio Indo. Mas já está na hora de indagarmos também: quem são vocês? Que terra é esta? Sabem alguma coisa sobre o caminho para a Índia?

Um deles falou:

— Somos estrangeiros nesta terra, pela religião e pela raça. Os nativos são selvagens, sem religião. Nós temos a religião verdadeira, ensinada por Maomé, descendente de Abraão. Essas ilhas onde vivemos funcionam como escala para os que navegam por esta costa. Por isso estamos aqui. E vocês, que vêm de tão longe à procura da Índia, encontrarão entre nós um piloto que os guiará sabiamente pelas ondas. Também terão mantimentos, e o governante desta terra, que amanhã lhes visitará, providenciará tudo o mais que for necessário.

Após tais palavras, o mouro despediu-se dos portugueses e retornou com sua gente aos batéis. Nesse momento, o sol mergulhava nas águas, encerrando o dia e dando vez a sua irmã, a lua, para que iluminasse o grande mundo enquanto ele dormia.

A noite passou-se com rara alegria na frota cansada, por surgirem enfim notícias da terra distante e há tanto tempo desejada. Cada um dos portugueses pensava consigo nos mouros, sem entender como aqueles adeptos da fé errada puderam espalhar-se tanto pelo mundo.

Os claros raios da lua brilhavam pelas ondas prateadas de Netuno. O céu estrelado parecia um campo de flores. Os furiosos ventos repousavam em suas covas escuras e distantes. Mas os marujos, como de costume, não relaxaram a vigilância das naus.

A visita do regedor

Logo que amanheceu, a frota enfeitou-se de bandeiras e vistosos toldos para receber com festas o regedor das ilhas, que dentro em pouco chegaria. O governante estava contente, pois achava que os navegantes eram aquela gente que habitava em torno do Mar Cáspio e que tomara Bizâncio a Constantino. O capitão acolheu com todas as honras o mouro e sua comitiva. Presenteou-o com ricas peças que trouxera especialmente para tal fim e com doces de frutas em conserva. O mouro recebeu tudo com muita satisfação e, mais satisfeito ainda, provou as delícias que lhe foram oferecidas.

Pendurados nos cabos e mastros, os marujos portugueses a tudo assistiam intrigados, reparando nos modos e na língua dos visitantes. Também o mouro estava confuso, vendo a cor da pele e os trajes dos estrangeiros. Perguntou então a Vasco da Gama se porventura vinham da Turquia, e disse que desejava ver os livros de sua lei, preceito ou fé (para ver se eram conformes às suas crenças, ou se eram dos seguidores de Cristo, como já desconfiava), assim como as armas que seus homens usavam quando lutavam contra os inimigos.

O Gama respondeu-lhe:

— Ilustre senhor, não sou da terra nem da geração dos povos da Turquia, e sim da valente e guerreira Europa. Vou em busca das famosas terras da Índia. Sigo a religião daquele a cujo império obedecem o visível e o invisível. Aquele que criou o Universo, tudo o que sente e tudo o que é insensível. Aquele que padeceu afrontas e vitupérios, sofrendo morte injusta e horrível, que desceu do céu à terra para que todos os mortais pudessem subir da terra ao céu. Não trago os livros que o senhor pede, pois não preciso trazer escrito em papel o que deve estar sempre na alma. Mas se quer ver as armas, seu desejo será atendido. Veja-as como amigo, e desejo que jamais as queira ver como inimigo.

Dizendo isso, o capitão mandou que seus subordinados mostrassem as armas e armaduras: couraças de aço reluzente, malhas finas de ferro, espadas afiadas, escudos com pinturas diversas, balas, espingardas, arcos e aljavas cheias de setas, partasanas afiadas e lanças de pontas agudas. Trouxeram também as balas dos canhões e as panelas usadas para derramar enxofre derretido sobre os inimigos. O capitão, porém, não permitiu que os artilheiros atirassem com as bombardas, porque o ânimo generoso e valente nunca deve mostrar todo o seu poder à gente fraca – e com muita razão, pois é covardia ser leão entre ovelhas.

O mouro observava tudo atentamente, enquanto o ódio crescia em sua alma, por saber que os estrangeiros eram cristãos. Entretanto, não deixou transparecer na fisionomia ou nos gestos o que sentia, continuando a tratar os portugueses com sorrisos e falsa amabilidade até que pudesse mostrar o que realmente pensava.

Vasco da Gama pediu-lhe, então, um piloto que pudesse levá-los à Índia, dizendo que esse trabalho seria muito bem pago. O mouro prometeu atendê-lo, mas com intentos tão danosos que, se pudesse, naquele mesmo dia lhe daria a morte em vez do piloto.

A armadilha de Baco

Do seu trono brilhante, Baco, vendo que os lusitanos despertaram o ódio do regedor, forja um plano traiçoeiro para que eles fossem destruídos. Ele não se conformava:

– Por que eu, filho de Júpiter, tenho de deixar que outros usurpem minha fama? Que um povinho arrogante tome o lugar conquistado por mim, por Alexandre da Macedônia e pelos romanos? Não, não permitirei que isso aconteça. Essa frota jamais chegará ao Oriente. Atiçarei ainda mais a gente moura; quem aproveita a ocasião sempre chega pelo caminho mais curto.

Irado e quase insano, Baco desce à Terra, sob a forma de um velho sábio muçulmano, muito respeitado pelo regedor, e vai ao encontro do governante mouro, para lhe dizer que os recém-chegados eram ladrões e piratas.

– E mais – acrescentou Baco –, sei que esses cristãos sanguinolentos têm destruído quase todas as cidades da costa com incêndios violentos, e escravizado mulheres e crianças. Não podemos deixar que façam isso conosco. Sei que vários deles virão muito cedo buscar água em terra. E se vêm em bando, é porque da má intenção nasce o medo. O senhor deve preparar-lhes uma cilada. Eles serão facilmente surpreendidos, e isso forçará o capitão a tentar resgatá-los, desguarnecendo a frota, que, desse modo, poderá ser tomada. Se conseguirem escapar, tenho ainda em mente outro plano: finja arrependimento e mande-lhes um piloto que os leve aonde sejam mortos.

O rei mouro abraçou Baco, agradecendo-lhe o conselho. E logo providenciou para que a água que os portugueses buscavam fosse transformada em sangue. Para completar o ardil, procurou um mouro astuto, a ser mandado aos portugueses como piloto, recomendando-lhe que, caso os lusitanos escapassem da cilada armada em terra, ele os deveria conduzir até outra armadilha, da qual não sairiam.

A vingança das bombardas

O sol nascia quando Vasco da Gama decidiu que uma expedição armada iria buscar água em terra. Pressentia perigo, pois enviara alguns emissários, para solicitar o piloto de que necessitavam, e foi-lhes respondido, em tom hostil, coisa muito contrária ao que esperava.

Na praia, os mouros já estavam a postos. Uns poucos estavam à vista, com escudos, adagas e arcos com setas envenenadas, para fazer parecer aos portugueses que suas forças eram reduzidas, ao passo que muitos outros aguardavam escondidos. Os que estavam visíveis brandiam suas armas, provocando os visitantes. Estes não puderam suportar por muito tempo a afronta e muitos logo saltaram em terra, tão rápido que não se pode dizer quem foi o primeiro.

Tal como o touro feroz se lança contra o toureiro que se exibe para a formosa dama desejada, os portugueses atacaram os inimigos. Dos batéis, uma furiosa e pesada artilharia lhes dava cobertura. Os estampidos assustavam e o ar assobiava e retumbava. Surpreendidos, os mouros tentaram escapar, mas muitos tropeçavam nos corpos dos companheiros estendidos na areia.

Não contentes, os portugueses seguiram bombardeando, incendiando e destruindo a povoação sem muros e sem defesa. Enquanto fugiam, os mouros atiravam suas setas, mas sem força. Desorientados, arremessavam paus e pedras que encontravam pelo caminho e procuravam refugiar-se no continente, abandonando na ilha tudo o que tinham. Uns iam em barcos lotados, outros a nado, porém os sucessivos tiros de bombarda arrombavam as frágeis embarcações, e assim os portugueses castigavam a vilania e perfídia dos inimigos.

Pelos rumos da traição

Com o ódio mais aceso do que nunca, o regedor decide pôr em ação a segunda armadilha e manda transmitir o seu arrependimento aos lusitanos, enviando-lhes, como sinal de paz, o piloto prometido. Vasco da Gama, que já estava pronto a continuar viagem, com o tempo bom e ventos favoráveis, recebeu o homem e ordenou que a frota deixasse a ilha.

Sem suspeitar do embuste, o capitão fazia perguntas sobre a Índia e a costa pela qual passavam. E o mouro, instruído pelo malévolo Baco, a tudo respondia, enquanto lhes preparava o caminho da morte e do cativeiro.

Com o mesmo pensamento com que os gregos enganaram os troianos, fazendo-os aceitar como presente o gigantesco cavalo de madeira onde se escondiam guerreiros inimigos, o piloto disse a Vasco da Gama que navegavam próximo a uma ilha, chamada Quiloa, onde habitava um antigo povo cristão. O capitão alegrou-se com a notícia e pediu-lhe que os levasse até lá, prometendo-lhe grande recompensa.

O traiçoeiro mouro atendeu-o, sabendo que a ilha era dominada pela perigosa gente seguidora de Maomé. Era ali que ele planejava destruir as naus portuguesas, pois Quiloa em muito excedia a Moçambique em poder e força.

Vênus, porém, percebendo que eles deixavam a rota certa para ir ao encontro da morte, não consentiu que a gente que tanto amava fosse perder-se em terras tão remotas. E, com ventos contrários, desviou as caravelas do caminho por onde o falso piloto as conduzia.

Persistindo no seu propósito, o mouro disse a Vasco da Gama que, como haviam sido desviados de Quiloa, podiam ir para outra ilha próxima, onde residiam cristãos e mouros. Também nestas palavras ele mentia, pois ali não havia gente de Cristo, mas só a que adorava Maomé. O capitão concordou e ordenou que os navios manobrassem em direção à ilha.

Por precaução, entretanto, não entraram pela barra e ancoraram ao largo, onde estariam protegidos de um eventual ataque. A ilha era separada do continente por um pequeno estreito. Havia nela uma cidade, que do mar parecia formada por casas altas. A ilha e a cidade se chamavam Mombaça e eram governadas por um soberano de idade avançada. Muito contente, porque esperava encontrar um povo cristão, Vasco da Gama viu chegarem da terra batéis com um recado do rei, que, avisado por Baco, já sabia quem eram os visitantes. Era um recado de amigo, mas que encobria veneno, como se verificou mais tarde.

Um altar em Mombaça

Quando a infida gente chegou junto às naus, um dos mouros disse:

– Valoroso capitão, o rei desta ilha está tão feliz com sua vinda que deseja vê-lo, abrigá-lo e abastecê-lo do que for necessário. Ele está ansioso por isso e pede que entre na barra com toda sua frota, sem nada recear. E se busca mercadorias que o Oriente produz – canela, cravo, pimenta, drogas medicinais –, ou se deseja pedrarias luzentes – o fino rubi, o rígido diamante –, daqui levará o que procura.

O capitão agradeceu as palavras do rei, e disse que só não entraria com a frota na barra, obedecendo ao convite real, porque o sol já se escondia no mar. Mas que logo que a luz do dia mostrasse por onde as naus pudessem seguir sem perigo, a vontade de tão grande soberano seria atendida.

Depois, Vasco da Gama perguntou se havia cristãos na ilha, como lhe dissera o piloto. O astuto mensageiro confirmou, dizendo que a maioria da gente daquela terra era de seguidores da fé de Cristo.

A bordo havia alguns homens condenados por culpas e feitos vergonhosos, a cujos serviços o capitão recorria em casos mais arriscados. Desconfiado, escolheu dois dos degredados mais sagazes e instruiu-os para que observassem a cidade e procurassem os desejados cristãos. Mandou por eles vários presentes ao rei, para assegurar a boa vontade que este aparentava ter.

Em terra, os dois portugueses foram recebidos com alegria fingida. E depois de ofertarem os presentes ao rei, percorreram a cidade e notaram muito menos do que queriam, pois os cautelosos mouros evitaram mostrar-lhes tudo o que pediam para ver.

Foram, então, levados à presença de Baco, que, sob a forma humana e com um hábito de sacerdote cristão, fingia adorar um altar suntuoso, ladeado por uma pintura que retratava o Espírito Santo e a Virgem, e outra que mostrava o grupo dos santos apóstolos.

Os dois portugueses ajoelharam-se respeitosos, enquanto Baco queimava incenso: assim, o falso deus adorava o verdadeiro. À noite, os dois cristãos foram alojados em quartos confortáveis e muito bem tratados, sem perceber que estavam sendo enganados.

Logo que os raios do sol se espalharam pelo mundo, os batéis mouros aproximaram-se das naus com o recado do rei, para que os portugueses entrassem na barra. Com eles iam os dois degredados, que confirmaram ao capitão a amizade do soberano e a existência de cristãos na cidade. Vasco da Gama, certo de que não havia perigo, resolve entrar na barra e receber a bordo os mouros, que alegres deixaram seus barcos, achando que logo se apossariam da frota portuguesa.

Em terra, os soldados do rei preparavam armas e munições para tomarem de assalto os navios, logo que ancorassem na barra: estavam determinados a vingar-se do mal que a esquadra lusa tinha feito em Moçambique.

Com a gritaria costumeira, os portugueses já iam erguendo as âncoras, mas Vênus, percebendo a cilada, voou como uma flecha do céu até o mar, para pedir a ajuda das ondas, que lhe obedeciam, pois de sua espuma a deusa havia nascido.

Deslocando-se velozes, suas cristas enormes erguiam do mar uma espuma branca. Rápido formaram uma parede de água à frente da costa de Mombaça, fechando o caminho para a barra de tal forma que de nada adiantava o vento inflar as velas dos navios. Além disso, algumas empurravam as naus para trás e outras, de lado, faziam os navios girarem e desviarem-se da barra inimiga.

Assim forçadas, as caravelas recuaram, apesar do esforço dos marujos que manobravam as velas, gritando e girando o leme de um lado para outro. Em vão o mestre da nau capitânia gritava da popa, vendo o navio aproximar-se de um grande penedo.

Levantou-se uma grande celeuma entre os rudes marinheiros, que assustou os mouros. Eles não sabiam a razão de tanta fúria e acharam que sua traição havia sido descoberta. Temendo serem punidos ali mesmo, lançaram-se às pressas aos seus batéis. Outros, entre eles o piloto traiçoeiro, pularam na água e fugiram a nado, preferindo aventurar-se no mar agitado a cair em mãos inimigas.

Para não bater no penedo, a capitânia lançou âncora; as outras naus amainaram junto dela. Vendo a atitude estranha

dos mouros e a fuga do piloto, Vasco da Gama compreendeu o que aquela gente cruel lhes preparava. E tomou como milagre o fato de a nau não poder seguir em frente, mesmo sem ventos contrários.

– Ó inesperado acontecimento! – exclamou. – Ó milagre claríssimo e evidente! Ó inopinada traição! Ó falsa gente! Quem poderia livrar-se sem perigo do mal tramado, se a Guarda Soberana lá de cima não acudisse à fraca força humana? A Divina Providência bem nos mostrou a pouca segurança desses portos. Ó Guarda Divina, que acaba de nos salvar da gente pérfida e maligna! Se tem tanta piedade de nós, conduza-nos agora a algum porto realmente seguro ou nos mostre logo a terra que buscamos, pois navegamos somente a seu serviço.

As profecias de Júpiter

Vênus ouviu-lhe essas palavras piedosas e, comovida, separou-se das ondas, que ficaram saudosas com sua súbita partida, para penetrar nas estrelas luminosas, a caminho do Olimpo. Mostrava-se tão bela que apaixonava o céu, o ar e tudo quanto a via. Os crespos cabelos de ouro se esparziam pelo colo tão alvo que faria a neve parecer escura. Ao andar, balançava ondulante seu busto láteo, de onde saíam flamas, nas quais Cupido acendia as almas. Um delgado véu cobria as partes protegidas pelo pudor, mas sem conseguir tudo esconder ou tudo mostrar.

Ao chegar, a deusa, mais mimosa que triste, disse a Júpiter:

– Sempre pensei, Pai poderoso, que seria brando, afável e amoroso para com as coisas que eu amasse, mesmo que isso desagradasse a alguém. Mas agora vejo-o iroso contra mim, sem que eu mereça. Pois bem: que seja como Baco determina, eu me resignarei. Esse povo, que é meu, por quem derramo as lágrimas que vejo cair em vão, sei agora que lhe quero muito mal, pois o amo e por isso o senhor o persegue. Pois se o que amo é maltratado, quero desejar mal a esse povo, para que ele seja defendido...

E nisto seu rosto cobriu-se de lágrimas ardentes, como a fresca rosa com o orvalho. Ficou um pouco calada, a voz sufocada, e ia prosseguir quando Júpiter a interrompeu. Comovido com sua doçura, que sensibilizaria até o coração duro de um tigre, ele limpou-lhe as lágrimas e, inflamado, beijou-a na face e abraçou-a.

Apertando o rosto amado contra o seu, fazendo assim com que os soluços e as lágrimas dela aumentassem – como o menino que, castigado pela ama, chora ainda mais ao ser depois afagado –, Júpiter revelou-lhe muitos casos futuros reservados pelo Destino.

– Formosa filha – disse –, não tema pelos seus lusitanos, e nem que haja para mim poder maior que o desses seus chorosos olhos soberanos. Prometo-lhe, filha, que há de ver esquecidos os gregos e os romanos pelos ilustres feitos que esta gente há de fazer nas partes do Oriente, onde mostrarão novos mundos ao mundo. Verá fortalezas, cidades e altos muros serem por eles edificados, filha. Verá os belicosíssimos e duros turcos serem por eles desbaratados. Verá os reis da Índia subjugados pelo poderoso rei de Portugal. E como, senhores de tudo, eles darão leis melhores às terras conquistadas.

Júpiter prosseguiu:

– Verá Netuno tremer e encrespar suas águas, mesmo sem vento, com medo desse que agora vai em busca da Índia, entre tantos perigos. Verá que a terra de Moçambique, que lhe recusou água, ainda há de ser um porto muito decente, onde as naus que navegarem do Ocidente descansarão da longa viagem. Toda essa costa que agora trama armadilhas mortíferas pagará tributos à gente lusa, reconhecendo não lhe poder resistir. E o famoso Mar Vermelho ficará branco de medo.

O deus poderoso falou também sobre a tomada de Ormuz, a conquista de Diu, onde os portugueses enfrentariam dois fortes cercos, e de Goa, que se tornaria capital do Oriente. Falou da resistência dos portugueses, em pequeno número, na fortaleza de Cananor, da queda da poderosa Calicute e da conquista dos mares até a longínqua China.

– Desse modo, minha filha – concluiu –, eles mostrarão coragem sobre-humana, e nunca se verá valor tão forte do Oriente ao Ocidente e do Norte até o Sul.

Após dizer isso, Júpiter mandou à Terra o valoroso Mercúrio, para preparar um pacífico e sossegado porto onde a frota pudesse ancorar sem receio.

Um encontro com Mercúrio

Mercúrio, voando com as asas que tem nos pés, logo chegou a Melinde, na costa oriental africana. Levou consigo a deusa Fama, para que falasse a todos sobre o raro e grande valor lusitano. Assim, Mercúrio fez com que Melinde passasse a arder em desejos de conhecer os portugueses.

Em seguida, Mercúrio partiu para Mombaça, onde ainda estavam as naus dos portugueses, para ordenar que eles se afastassem o mais rápido possível da barra inimiga e daquelas terras suspeitas.

Já era noite alta, quando o capitão, cansado, resolveu dormir um pouco, enquanto os marujos se revezavam na vigília. Mercúrio apareceu-lhe então em sonho, dizendo:

– Fuja, lusitano, pois o vento e o céu lhe favorecem, e outro rei o aguarda noutra parte, onde poderá abrigar-se com segurança. Siga ao longo da costa e achará um porto seguro, já perto do Equador, onde o dia e a noite têm a mesma duração. Ali, um rei, recebendo sua frota com alegria e amizade, lhe dará abrigo e um piloto para levá-lo até a Índia.

Depois de pronunciar tais palavras, Mercúrio acordou o capitão, que, muito espantado, viu a treva que o envolvia ser ferida por um relâmpago. E percebendo o quanto era importante não se deter tanto na terra iníqua, ordenou que partissem.

– Deem velas ao largo vento – gritou –, pois o céu nos favorece e o Pai Eterno ordena.

As âncoras foram erguidas e, não demorou muito, as agudas proas apartavam as úmidas vias prateadas, aproveitando o vento favorável e brando. Enquanto seguiam, os lusitanos iam falando sobre os perigos que haviam enfrentado.

Passou-se o resto da noite, e o dia seguinte, e a noite seguinte. O sol iniciava uma nova volta quando os portugueses viram ao longe dois navios. Como deviam ser de mouros, os portugueses tomaram posição de ataque.

Com medo, uma das naus conseguiu fugir, em direção à costa. O outro navio não teve a mesma sorte e foi cair nas mãos dos lusos, mas sem necessidade de combate, pois seus poucos tripulantes, fracos e medrosos, não ofereceram resistência.

Vasco da Gama procurou entre eles um piloto que o guiasse até a Índia, mas nenhum deles sabia em que direção se localizava aquele país. Disseram-lhe, porém, que bem perto estava Melinde, onde acharia o piloto certo. E louvaram com grande respeito as qualidades do rei de Melinde: sua bondade, sinceridade, generosidade e humanidade. O capitão tomou esses elogios como uma confirmação do que Mercúrio lhe dissera, e partiu para onde tanto o sonho quanto os mouros indicavam.

Uma festa em Melinde

No domingo de Páscoa de 1498, a frota chegou ao reino de Melinde toda enfeitada de toldos, em homenagem ao santo dia. As bandeiras e os estandartes tremulavam, e era possível avistar de longe suas cores purpúreas. Soavam os tambores e pandeiros, e assim os portugueses entraram na barra. Toda a praia melindana encheu-se de gente, que vinha ver a armada. O rei mandou dizer a Vasco da Gama que os portugueses deveriam desembarcar logo, para desfrutarem de sua hospitalidade. Além do sincero convite, os navegantes receberam carneiros, galinhas gordas e frutas.

O capitão acolheu o mensageiro real e enviou ao soberano um presente – um tecido de escarlate e um ramo de coral –, através de um de seus homens mais bem-educados, para que este agradecesse ao rei pelos presentes e o saudasse.

Ao ser recebido na corte melindana, o mensageiro disse ao rei:

– Sublime majestade, viemos buscar seu forte e seguro porto, conhecido em todo o Oriente, para aqui encontrar o auxílio de que precisamos. Não somos piratas, que, ao passarem pelas cidades, vão matando as gentes a ferro e fogo, para roubar-lhes as cobiçadas riquezas. Somos navegadores da soberba Europa, em busca das terras distantes da grande e rica Índia, por mando do nosso alto e sublimado rei.

O emissário de Vasco da Gama falou em seguida sobre os povos da costa africana que traiçoeiramente haviam impedido os portugueses de desembarcar. Disse que confiavam nele, rei de Melinde, e que não desembarcariam não por desconfiança, e sim por obediência ao rei de Portugal, que lhes ordenara jamais abandonar a frota em qualquer porto ou praia, antes de chegarem em seu destino.

Enquanto o emissário falava, os presentes elogiavam muito a coragem dos argonautas que passaram por tantos céus e mares. E o rei de Melinde, admirando o espírito obediente dos portugueses e o grande valor daquele rei que de tão longe se fazia obedecer, respondeu:

– Tirem do peito toda má suspeita. É uma grande honra recebê-los em nossa terra. Só a gente vil poderia atacar representantes de um povo tão glorioso.

Disse sentir muito o fato de os portugueses não terem desembarcado, mas que admirava sua lealdade e não queria que desobedecessem às ordens do seu rei somente para atender à sua vontade. Prometeu que logo ao amanhecer visitaria a esquadra, que há tantos dias desejava ver, e ofereceu tudo o que fosse necessário: munições, mantimentos e um piloto em quem pudessem confiar.

No final da tarde, o emissário partiu para a frota, levando a mensagem do rei de Melinde. Ao transmiti-la aos portugueses, todos os peitos se encheram de alegria, por terem finalmente encontrado o que buscavam. E assim, contentes, passaram a noite comemorando.

Não faltaram os fogos de artifício, que imitavam os trêmulos cometas. Os bombardeiros cumpriram seu ofício, atroando o céu, a terra e as ondas. Uns queimaram bombas de fogo, enquanto outros tocavam vibrantes instrumentos.

Respondiam-lhes os melindanos com fogos que giravam no ar, zunindo, para em seguida explodir. Os gritos de contentamento de portugueses e mouros confundiam-se. Tanto o mar quanto a terra surgiam iluminados pelos fogos. E assim se festejaram uns aos outros durante toda a noite, até que o céu inquieto, sempre a girar, trouxe a luz da aurora. As sombras da noite desfaziam-se sobre as flores da terra, em fino orvalho, quando o rei de Melinde embarcou para ver a frota.

A visita do rei de Melinde

Um grande e largo batel, com toldos de seda de diversas cores, levava o governante mouro, acompanhado de nobres senhores do seu reino. O soberano trajava ricas vestes, segundo seus costumes: um turbante enfeitado de ouro e seda, uma cabaia vermelha, um colar de ouro finamente trabalhado. Na cintura, a adaga bem lavrada luzia como diamante. E calçava sandálias de veludo cobertas de ouro e pérolas miúdas. Um servo o protegia do sol com um guarda-sol alto e redondo. À proa, trombetas recurvas soavam sem harmonia, criando uma música estranha aos ouvidos europeus.

Não menos bem vestido, Vasco da Gama partiu nos batéis da sua frota com brilhante e honrada comitiva, para receber o rei melindano no mar. Estava vestido à maneira espanhola, sua roupa era de cetim de Veneza, carmesim – cor preferida pelas altas figuras de então.

As sonoras trombetas lusas ressoavam, incitando a alegria. Os batéis dos mouros coalhavam o mar, com os toldos roçando as ondas. As bombardas troavam, escurecendo o sol com a fumaça. As salvas se repetiam e os mouros tapavam os ouvidos.

O rei de Melinde entrou no batel do capitão e foi por este abraçado. O rei falava-lhe com espanto e admiração, demonstrando grande estima por aquela gente que vinha de tão longe para a Índia. E com generosas palavras voltou a oferecer-lhe tudo o que quisesse de seus reinos. Disse que conhecia a fama da gente lusitana, pois já ouvira dizer que estivera em guerra com povos de sua religião, em outras terras, e por toda a África corriam os grandes feitos de armas dos portugueses na conquista de Ceuta, no Marrocos. Respondeu-lhe Vasco da Gama:

– Majestade, o senhor foi o único que teve piedade da gente lusitana, que com tanta adversidade experimenta a fúria insana do oceano. Que a alta e divina eternidade que move o céu e governa a gente humana lhe pague o que não podemos, pois tanto nos concede. Enquanto houver estrelas no céu e o sol iluminar o mundo, o rei de Melinde viverá na memória dos homens, com fama e glória, onde quer que eu vá.

Os batéis dirigiram-se para a frota, que o soberano mouro desejava ver de perto. Rodearam todas as naus, uma por uma, para que ele as examinasse. A esquadra festejou-o disparando novamente as bombardas para o céu, enquanto os mouros respondiam tocando suas trombetas.

Depois de tudo olhar, o rei solicitou que ancorassem o batel, para conversar mais à vontade com Vasco da Gama.

– Fale-nos, valoroso capitão – pediu –, sobre sua terra, seus antepassados e o princípio desse reino tão potente. E também sobre a viagem no mar irado, e do que viram pela África. Aproveitemos que não há vento e o mar está calmo, sem ondas.

Uma história cheia de glórias

Atendendo ao pedido, Vasco da Gama começou sua narrativa fazendo uma descrição da Europa, sua geografia e a localização dos seus diversos países e povos.

Em seguida, fez um relato da história de Portugal, desde os feitos do lendário pastor Viriato, que alcançou várias vitórias contra os invasores romanos, a fundação do reino luso pelo conde D. Henrique, no século XI, até D. Manuel I, o Venturoso, que enviara aquela esquadra em busca do caminho marítimo para a Índia.

O africano interessou-se especialmente pela história de D. Afonso Henriques, filho do conde D. Henrique, que prendeu a mãe, uma princesa castelhana, quando ela se casou com outro homem, após ficar viúva, e quis tomar para si todas as terras do reino. A atitude do rei português desagradou o monarca espanhol, que interveio em favor da usurpadora e cercou D. Afonso na vila de Guimarães. Um vassalo de D. Afonso, o fidalgo Egas Moniz, procurou o rei espanhol e prometeu que, caso o cerco fosse levantado, seu rei se renderia. O cerco foi levantado, mas D. Afonso não se rendeu. Egas Moniz apresentou-se, então, ao monarca espanhol, juntamente com a mulher e os filhos. E disse que oferecia a própria vida e a dos seus para resgatar sua palavra, que não fora cumprida. O rei, impressionado com o gesto do nobre lusitano, não aceitou o sacrifício e libertou-os.

Mais tarde, D. Afonso Henriques conquistou grandes vitórias para Portugal, derrotando cinco reis mouros na batalha de Ourique e vencendo ainda outras batalhas em Leiria, Arronches, Santarém, Mafra, Sintra, Lisboa, Beja, Palmela e Sesimbra. Mas a justiça divina acabou fazendo com que ele pagasse pela prisão de sua mãe: em uma batalha pela cidade de Badajoz, quebrou as pernas enquanto combatia e, por isso, acabou sendo preso pelo próprio genro.

Libertado, D. Afonso realizou sua última grande façanha ao resistir ao cerco de um poderoso mouro que ameaçava a cidade de Santarém.

Após sua morte, D. Afonso foi sucedido por seu filho D. Sancho I, cuja maior façanha foi tomar aos mouros a cidade de Silves, no sul de Portugal, com a ajuda de soldados alemães que iniciavam uma cruzada rumo à Palestina. Seguiram-se: D. Afonso II, que tomou Alcácer do Sal; D. Sancho II, que acabou deposto do trono por ser considerado pouco aguerrido; D. Afonso III, que conquistou o Algarve; e D. Dinis, que criou a Universidade de Coimbra.

Ao morrer, D. Dinis foi sucedido por D. Afonso IV. Por essa época, os mouros estavam organizando um formidável exército para invadir a Península Ibérica. Vindo do Marrocos, esse exército concentrou-se perto da foz do Rio Guadalquivir, no sul da Espanha, onde recebeu reforços dos mouros de Granada. Para repelir a invasão, o rei de Castela mandou a Portugal sua mulher, D. Maria, filha de D. Afonso IV, para que pedisse a ajuda do pai. Este a atendeu, e os mouros acabaram derrotados fragorosamente na batalha do Salado.

    D. Afonso regressou a Portugal, e por essa época ocorreu o célebre episódio de Inês de Castro, amante de D. Pedro, filho de D. Afonso, e que acabou sendo coroada rainha depois de morta. Foi este triste e sublime episódio que Vasco da Gama passou a relatar ao rei de Melinde.

O caso triste de Inês de Castro

— **A** linda Inês vivia em Coimbra, onde desfrutava tranquila a alegria enganosa e efêmera da juventude, passeando nos campos às margens do Rio Mondego, que ainda hoje é alimentado pelas lágrimas derramadas dos seus lindos olhos. Passava o tempo a ensinar aos montes e às flores o nome do príncipe D. Pedro, que tinha gravado no coração. Quando estava distante, o príncipe também só pensava em sua amada. Lembrava-se dela de noite, em doces sonhos que mentiam sobre sua presença, e de dia, em pensamentos que voavam. E eram todas recordações alegres.

O príncipe recusara casamentos com fidalgas e princesas, pois o amor rejeita tudo o que não seja o rosto amado. E, ao fazer isso, açulou a língua do povo, que andava descontente com a atitude do herdeiro do trono português.

D. Afonso, que respeitava a opinião de seus súditos, ao ver D. Pedro assim apaixonado, resolveu tirar a vida de Inês, para resgatar o filho e conduzi-lo a um casamento que obedecesse não aos caprichos de Cupido, mas às conveniências políticas de Portugal. Ele acreditava que somente com sangue poderia apagar o fogo do amor.

Os terríveis verdugos trouxeram Inês e seus filhos perante o rei.

Depois de ouvir a sentença, Inês, com palavras tristes e piedosas, nascidas da saudade do seu príncipe e dos filhos – o que a magoava mais que a própria morte –, ergueu para os céus os olhos cheios de lágrimas e disse:

– Até mesmo as feras, cruéis de nascença, e as aves de rapina já demonstraram piedade com crianças pequenas. O senhor, que tem o rosto e o coração humanos, deveria ao menos compadecer-se destas criancinhas, seus netos, já que não se comove com a morte de uma mulher fraca e sem força, condenada somente por ter entregue o coração a quem soube conquistá-lo. E se o senhor sabe espalhar a morte com fogo e ferro, vencendo a resistência dos mouros, deve saber também dar a vida, com clemência, a quem nenhum crime cometeu para perdê-la. Mas se devo ser punida, mesmo inocente, mande-me para o exílio perpétuo e mísero na gelada Cítia ou na ardente Líbia, onde eu viva eternamente em lágrimas. Ponha-me entre leões e tigres, onde só exista crueldade. E verei se neles posso achar a piedade que não achei entre corações humanos. E lá, com o amor e o pensamento naquele por quem fui condenada a morrer, criarei os seus filhos, que o senhor acaba de ver, e que serão o consolo de sua triste mãe.

Comovido com essas palavras, o rei já pensava em perdoar Inês, mas o Destino, aliado à intolerância do povo, não o permitiu. Os verdugos, que defendiam a execução, sacaram de suas espadas, carniceiros, e as enterraram no colo de alabastro que sustentava o rosto que encantara o príncipe, banhando com sangue as feições já regadas de lágrimas.

Tal como a cândida e bela flor que, cortada antes do tempo, perde o aroma e a cor, assim ficou a pálida donzela, depois de ser colhida pela morte.

As ninfas do Rio Mondego, chorando, lembraram por longo tempo aquela morte escura. E por memória eterna, transformaram as lágrimas choradas por elas em uma fonte pura, batizando-a com o nome que ainda tem: "Fonte dos amores de Inês".

Mas não decorreu muito tempo até que D. Pedro pudesse se vingar daquelas feridas mortais. Ao subir ao trono, conseguiu que outro Pedro, o Cruel, rei de Castela, lhe entregasse os homicidas, que para lá haviam fugido, pois os dois monarcas tinham um pacto de devolverem um ao outro os respectivos inimigos.

D. Pedro mandou arrancar o coração dos assassinos de sua amada. E, para imortalizar seu amor por Inês, jurou em presença de sua corte que se havia casado clandestinamente com ela, transformando-a, dessa maneira, em rainha após a morte.

A batalha de Aljubarrota

Prosseguindo sua narrativa, Vasco da Gama falou ao rei de Melinde sobre o brando D. Fernando, de índole bem contrária à do pai, D. Pedro, que reinara aplicando a justiça com desmedido rigor, ordenando um número incontável de execuções. Indolente e descuidado, D. Fernando deixou sem defesas o reino, que quase foi perdido para o rei de Castela.

– Após a morte de D. Fernando, o trono passa para o filho bastardo de D. Pedro, D. João I, contra a vontade da rainha, D. Leonor Teles, que reivindica a coroa para sua filha Beatriz, casada com D. João de Castela. Em apoio a D. Leonor, e na defesa de seus interesses, o rei de Castela organiza um poderoso exército para invadir Portugal, o que obriga D. João a se preparar para a guerra.

Com este propósito, o monarca luso decide convocar os principais senhores do reino, a fim de saber-lhes a opinião sobre a melhor forma de enfrentar o poderoso inimigo. Para sua surpresa, porém, muitos dos ali presentes demonstram medo e, alegando as mais diversas razões, procuram fugir à luta iminente. A decepção já tomava conta de D. João, quando, irado, falou o valente D. Nuno Álvares:

– Como pode haver portugueses que se negam a defender a própria terra? Nossos antepassados humilharam os soberbos castelhanos, e neles devemos nos mirar. Se o fraco Fernando os degenerou, senhores, agora, com o forte João, está na hora de recobrar a coragem. Mas se, porventura, isso não acontecer, sozinho enfrentarei os invasores, pois a lealdade ao rei e à Pátria me darão forças para vencê-los!

Essas palavras foram suficientes para transformar o medo em confiança.

– Viva o rei! – gritaram todos.

Um desafio de sons e cores prenunciava aquele que seria um dos maiores embates da Europa: a batalha de Aljubarrota, em território português. Trombetas, pífaros e tambores soavam, misturando-se ao vozerio, enquanto bandeiras multicores obedeciam a gestos nervosos, que determinavam as posições dos soldados. Milhares de homens aprontavam-se para encenar um espetáculo em que a principal personagem seria a morte.

Inicia-se o combate. O pequeno exército português parece crescer diante do formidável exército castelhano. Flechas, lanças e espadas ferem o ar antes de ferir os corpos. E os cadáveres dos invasores vão semeando o solo que tanto desejavam conquistar. No entanto, para cada castelhano derrubado, surgem outros dois. A luta se torna ainda mais feroz. Pouco a pouco o valor vai se impondo ao número; os castelhanos esmorecem e começam a debandar, maldizendo a ambição desmedida que os levara à guerra. Portugal mais uma vez vencera!

Depois do triunfo em Aljubarrota e de assegurar as fronteiras do reino, D. João I atravessou o estreito de Gibraltar, para tomar aos mouros a cidade de Ceuta, no Marrocos. Ao expulsar os árabes dali, o rei luso impediu que a Península Ibérica sofresse novas invasões muçulmanas. De outras façanhas teria sido autor se a morte houvesse consentido.

Mas os reis que se seguiram não desonrariam seu nome, e ampliariam ainda mais os domínios portugueses. D. Afonso V, por exemplo, celebrizou-se por suas vitórias no norte da África, onde conquistou Alcácer, Tânger e Arzila. Movido, porém, pela ambição, cometeu um grande erro, ao investir contra D. Fernando, rei de Aragão, em disputa do reino de Castela. D. Fernando reuniu sob seu comando um numeroso exército formado por gente recrutada em toda a Espanha e conseguiu derrotar os bravos portugueses.

Quando a escura noite eterna deu descanso a D. Afonso V, passou a governar Portugal D. João II, o décimo terceiro rei português. Para alcançar fama, ele tentou algo que ninguém jamais tentara: mandou emissários à procura dos confins do Oriente.

Esses emissários atravessaram a Espanha, a França e a Itália. Do porto de Nápoles, seguiram navegando através do Mediterrâneo, passaram pelas praias da Ilha de Rodes e chegaram até o delta do Rio Nilo, no Egito. Após visitarem a antiga capital egípcia, Mênfis, rumaram para o Mar Vermelho, que o povo de Israel atravessou sem naus, guiado por Moisés.

Em direção ao nascente, deixaram para trás os Montes Nabateus, circundaram as costas do reino de Sabá, passaram pela Arábia e entraram no Golfo Pérsico, onde perdura a memória da confusa Torre de Babel. Dali foram à procura das águas límpidas do Rio Indo. Os viajantes lusos certamente viram muitas coisas entre as desconhecidas gentes da Índia e da Pérsia, mas suas descobertas e impressões não chegaram a Portugal, pois não era possível voltar facilmente por caminhos tão inóspitos, e eles morreram em distantes paragens.

Parece que o Destino guardava o sucesso de empresa tão árdua para D. Manuel, o Venturoso, que de D. João II herdou não só o reino, mas também o projeto de chegar ao Oriente.

O início de tudo

Certa noite, D. Manuel teve um sonho revelador. Ele estava em um lugar de onde descortinava várias terras e nações. A leste, duas fontes claras brotavam de altos montes antigos. Aves de rapina, feras e outros animais habitavam aquela região selvagem, e uma espessa floresta tornava impossível o acesso a ela.

D. Manuel viu, com espanto, dois homens saírem das fontes e caminharem em sua direção. Eram muito velhos, de aspecto venerando, ainda que rudes. A água escorria pelos seus corpos; a cor de suas peles era baça e escura, e tinham barbas compridas.

Ambos tinham a fronte coroada por ramos de plantas desconhecidas. Um deles, que aparentava maior cansaço, como se de mais longe tivesse vindo, disse ao rei:

– Ó senhor, a quem está destinada grande parte do mundo, nós, cuja fama tanto voa e que jamais fomos dominados, avisamos que já é tempo de nos cobrar grandes tributos. Sou o ilustre Ganges, e tenho no Céu o meu berço. E este outro é o Indo, que tem sua nascente nesta serra que vislumbra. Nós lhe custaremos uma dura guerra mas, se insistir, há de dominar todos os povos que em nossas margens habitam, alcançando vitórias jamais vistas.

Mais não disse o rio ilustre e santo, e ambos logo desapareceram. D. Manuel acordou confuso e maravilhado.

De manhã, o rei chamou os fidalgos para um conselho e contou-lhes o sonho, que causou grande admiração a todos. Resolveram, então, organizar uma esquadra para cortar os mares em busca dos ricos mundos anunciados.

O venturoso soberano escolheu Vasco da Gama para o comando da difícil empresa, e comunicou-lhe a decisão com palavras afetuosas:

– As coisas árduas e gloriosas só são alcançadas com trabalho e fadiga. A vida que se arrisca faz as pessoas ilustres e famosas. Eu o escolhi para esta empresa, entre todos os portugueses, porque sei que pelo rei lhe parecerá leve esta missão tão dura.

Vasco da Gama agradeceu a D. Manuel a honra da escolha. Logo, seu irmão, Paulo da Gama, ofereceu-se para acompanhá-lo, movido pelo amor fraternal e também pelo desejo de fama. Juntou-se a eles Nicolau Coelho, homem de enorme resistência ao trabalho, e puseram-se a recrutar gente jovem, valente e ambiciosa.

Já no porto de Lisboa, onde o Rio Tejo mistura suas areias e águas com as do oceano, estavam a postos as naus, esperando pelos homens cheios de entusiasmo juvenil, dispostos a seguir Vasco da Gama a qualquer parte do mundo. Os soldados vinham pelas praias, vestidos com uniformes de várias cores. Os ventos calmos ondulavam os estandartes das caravelas. E, estando prontos para a viagem, os marinheiros prepararam a alma para a morte, implorando ao Sumo Poder que os protegesse e guiasse.

– E assim – continuou Vasco da Gama – partimos do sagrado templo de Belém, na Praia do Restelo. Quando me lembro, ó rei, daquele dia, tenho vontade de chorar.

O velho do Restelo

Toda a gente de Lisboa compareceu à Praia do Restelo – uns por causa de amigos e parentes, outros somente para assistir à partida da esquadra. A saudade e a tristeza estavam estampadas no olhar de cada um.

Os marinheiros caminharam para o embarque acompanhados por uma procissão solene de religiosos. O povo já os julgava para sempre perdidos na viagem tão longa e duvidosa. Os homens arrancavam suspiros do peito, as mulheres choravam. Uma delas dizia:

– Ó filho querido, que era só a quem eu tinha por refrigério e doce amparo desta minha velhice já cansada, por que se afasta de mim, para ser alimento dos peixes?

E outra:

– Ó doce e amado esposo, sem o qual Amor não permite que eu viva. Por que arrisca no mar raivoso essa vida que é minha, e não sua? Como pode esquecer, por um caminho duvidoso, a nossa afeição tão doce? Quer que com as velas o vento leve a nossa alegria?

Junto com as mulheres que assim falavam seguiam os velhos e as crianças. Os montes mais próximos ecoavam os lamentos e pareciam também comovidos. As lágrimas banhavam a areia branca e eram tantas quanto seus grãos. Para que não sofressem ainda mais ou desistissem da viagem, Vasco da Gama ordenou que todos embarcassem logo, abreviando as despedidas.

Movido pela ira, um velho de aspecto venerando, que estava na praia entre a multidão, com os olhos postos nos que embarcavam, meneou três vezes a cabeça, e começou a falar, levantando a voz de tal forma a ser ouvido pelos que estavam nas naus.

– Ó glória de mandar! – disse ele. – Ó vã cobiça desta vaidade chamada fama! Ó engano estimulado pelo que se conhece como honra! Que enorme castigo e que justiça impões ao peito que te adora! Que mortes, que perigos, que tormentas, que crueldades experimentas nesses corações! Fama e glória são nomes com os quais o povo ignorante é enganado. A que novos desastres, ó ambição, levarás este reino e esta gente? Que perigos, que mortes lhes destinas sob algum nome glorioso? Que promessas de reinos e minas de ouro lhes farás tão facilmente? Que histórias, que triunfos, que palmas, que vitórias?

E o velho continuou:

– Mas vocês, descendentes de Adão, aquele insano cujo pecado levou ao desterro do Paraíso, que chamam a crueldade e a ferocidade de esforço e valentia, que pregam o desprezo pela vida, que devia ser em todo momento estimada, vocês já não têm bem perto os mouros, com quem terão sempre bastantes guerras? Se desejam mais terras e riquezas, não têm esses mouros cidades mil e terra infinda? Vocês deixam o inimigo crescer às portas de seu reino e vão em busca de outro inimigo, tão distante. Procuram o perigo desconhecido para serem exaltados pela fama, para serem chamados senhores da Índia, da Pérsia, da Arábia e da Etiópia. Maldito seja o primeiro homem do mundo que pôs velas em lenho seco, e construiu o primeiro barco. Ele é digno do eterno castigo do Inferno.

E enquanto o velho vociferava essas sentenças, os argonautas abriram as velas ao vento e partiram do porto amado.

Pela costa da África

Os navegantes viram desaparecer no horizonte a fresca Serra de Sintra, em Portugal, avançando rumo ao mar aberto, onde não mais se viam sinais de terra. Navegavam ao largo da costa da África, à sua esquerda. À direita, havia apenas a suspeita da existência de outras terras, mas não a certeza.

Deixaram para trás as Ilhas Canárias, a costa da Mauritânia, e chegaram à região habitada pelos povos negros. Alcançaram, em seguida, o cabo que se chamava Arsinário, até ser batizado pelos portugueses de Cabo Verde. Depois, navegando pelo arquipélago de Cabo Verde, aportaram na Ilha de Santiago. Após se abastecerem, voltaram a singrar o imenso oceano.

Sempre em direção ao sul, passaram por Serra Leoa, o Cabo das Palmas, a foz do Rio Níger e a Ilha de São Tomé. Ultrapassaram a linha do Equador, que divide o mundo ao meio, e avistaram a constelação do Cruzeiro do Sul, invisível aos povos do hemisfério Norte.

– Enfrentamos muitos perigos, tempestades, calmarias – contou Vasco da Gama –, e vi os casos misteriosos relatados pelos rudes e experientes marinheiros, que costumam ser explicados ou desmentidos pelos homens de ciência. Num dia de tormenta e de vento esquivo, pude observar o fogo de santelmo, e não menos espantoso foi ver as nuvens sorvendo a água do mar por um largo cano. Eu o vi com certeza, e não creio que a vista me enganasse. Vi um vapor-d'água levantar-se, transformar-se em redemoinho e para o céu ser atraído, através de um cano de paredes tão finas que parecia feito da mesma matéria das nuvens. Aquele cano ia avolumando-se pouco a pouco. Aqui se estreitava, ali se alargava, enquanto sorvia as grandes ondas. Acima dele, uma nuvem se tornava mais espessa, crescendo e carregando-se com o grande peso da água absorvida, como uma sanguessuga a se fartar de sangue. Depois de cheia, a nuvem desfez-se em chuva, restituindo ao mar as ondas que dele tomara, após retirar-lhes o sabor de sal.

Viajavam já há quase quatro meses, quando um marujo bradou do alto da gávea:

– Terra! Terra!

A pressa de Fernão Veloso

Desembarcaram pouco depois numa vasta baía, por onde os portugueses se espalharam, desejosos de conhecer aquela terra que até então nenhum outro povo cristão pisara. Na praia, Vasco da Gama e seus pilotos se reuniram em torno do astrolábio, para medir a altura do sol e marcá-la em seu mapa, determinando a posição em que se encontravam. Verificaram que já haviam ultrapassado o Trópico de Capricórnio.

Nisso, o capitão viu aproximar-se um homem de pele negra, capturado à força pelos portugueses quando colhia favos de mel. Ele estava apavorado, não entendia os portugueses e nem estes a ele.

Para comunicar-se com o nativo, tentando fazê-lo entender o que os portugueses procuravam, Vasco da Gama mostrou-lhe uma pequena quantidade de ouro, prata e especiarias. Mas o homem não esboçou nenhuma reação. Trouxeram à sua presença peças de escasso valor: contas de vidro, pequenos e sonoros guizos e um barrete vermelho. Através de gestos, ele demonstrou que tudo aquilo o agradava muito. Vasco da Gama o presenteou com esses objetos e mandou que o soltassem.

No outro dia, seus companheiros, todos nus e escuros, desceram pelos morros escarpados, para buscar peças iguais às que o outro levara. Eram tão pacíficos que o forte e arrogante Fernão Veloso tomou a decisão precipitada de acompanhá-los mato adentro a fim de conhecer a sua aldeia.

Passado um bom tempo, os portugueses começaram a ficar inquietos, pois o marinheiro não dava sinal de vida. Já discutiam o que fazer, quando ele apareceu correndo morro abaixo, em direção à praia, perseguido por um grupo de homens ferozes.

O batel de Nicolau Coelho seguiu depressa para buscá-lo. Mas antes que chegasse, vários nativos atiraram-se sobre Veloso. O marujo viu-se em apuros, sem ninguém por ali que o pudesse socorrer. Os portugueses que foram salvar o companheiro, ao chegarem a terra, logo se viram atacados por setas e pedradas. Mesmo feridos, porém, deram o troco, e com tal intensidade de fogo que o sangue dos nativos mostrou-se mais vermelho que os barretes que haviam ganho.

Tendo resgatado Veloso, voltaram para a armada, comentando a malícia e a ferocidade daquela gente bruta e malvada, da qual não puderam obter nenhuma notícia sobre a desejada Índia.

Um dos marujos perguntou a Veloso, zombando de sua valentia:

– Olá, Veloso amigo, aquele outeiro é melhor de descer que de subir, hein?

– Você brinca – respondeu o ousado aventureiro. – Mas quando vi tantos daqueles selvagens vindo para cá, apressei-me um pouco por lembrar que vocês estavam aqui sem a minha ajuda.

As risadas ecoaram pelo tombadilho.

O gigante Adamastor

O rei de Melinde, vivamente impressionado, seguia com grande atenção o relato de Vasco da Gama.

– Cinco dias depois de deixarmos aquela terra, seguíamos com ventos favoráveis por mares desconhecidos quando, numa noite, surgiu uma nuvem que tomou conta do céu. Era uma nuvem tão carregada e ameaçadora que encheu nossos corações de medo. Então, de repente, surgiu no ar uma figura robusta, com o rosto zangado, cor de terra. Tinha uma barba enorme, olhos encovados, cabelos desgrenhados e cheios de terra, a boca negra, os dentes amarelos. Era tão grande que, ao vê-lo, comparei-o ao Colosso de Rodes – uma das sete maravilhas do mundo antigo. Num tom de voz que parecia sair do mar profundo, arrepiando a todos nós, ele nos falou:

– Ó gente ousada, mais que todas as que no mundo realizaram grandes façanhas, gente que nunca repousa de tantos trabalhos e tantas guerras, e que ousa navegar meus longos mares, jamais sulcados por navios desta ou de outras partes. Vocês, que vêm desvendar os segredos do oceano, ouçam agora de mim os castigos que os aguardam. Saibam que quantas naus se atreverem a fazer esta viagem que agora realizam terão esta paragem como inimiga, enfrentando grandes ventos e tormentas.

E o gigante passou a fazer previsões sobre as terríveis desgraças que os portugueses sofreriam naquela região. Disse, entre outras coisas, que aplicaria um grande castigo em seu descobridor, Bartolomeu Dias, quando ele por ali passasse outra vez, e que a morte seria o menor mal para quem ousasse se aproximar dele.

– Mas quem é você, afinal? – perguntei.

– Sou aquele grande cabo – respondeu – a quem vocês chamam das Tormentas. Marco o final da costa africana, neste promontório que aponta para o polo Antártico. Meu nome é Adamastor, lutei na guerra dos titãs contra Júpiter e os demais deuses. Fui incumbido de derrotar a armada de Netuno, e tamanha empresa aceitei por amor da ninfa Tétis, pois, sendo eu muito feio e grande, só me restava o caminho das armas para tirá-la da corte do deus do mar. Vindo a saber do meu intento, ela disse que se entregaria a mim, para livrar o oceano da guerra. Ah, como é grande a cegueira dos amantes! Desistindo da luta, uma noite fui encontrá-la. Vi-a aparecer ao longe, completamente nua. Como um louco, corri em sua direção; abracei-a e beijei-lhe os olhos, o rosto e os cabelos. Porém, a lembrança ainda dói, logo descobri o engano: não era Tétis que estava em meus braços, mas um monte selvagem. Tremendo de raiva, fui à procura de um lugar para esconder meu pranto e me esconder do escárnio. Nesse meio-tempo, meus irmãos gigantes foram derrotados pelos deuses e muitos deles aprisionados debaixo de montanhas. Quanto a mim, eles transformaram meu corpo em terra e meus ossos em rochas, para depois me estenderem aqui, debruçado sobre as ondas que tanto me lembram Tétis.

– Ao terminar sua história – prosseguiu Vasco da Gama –, o gigante desapareceu diante de nossos olhos, em meio a um choro medonho. A nuvem negra se desfez e o mar bramiu. Levantando as mãos ao céu, que nos guiara de tão longe, pedi a Deus que afastasse de nós os desastres previstos por Adamastor. Suas preces foram ouvidas. De manhã, o sol revelou aos portugueses o promontório em que o gigante fora transformado. Logo depois, a esquadra singrava as águas que banham a costa oriental da África.

Na Terra dos Bons Sinais

Um pouco adiante, a esquadra ancorou. Os nativos da região aproximaram-se pela praia dançando e gritando de alegria. As mulheres vinham sentadas em cima de bois vagarosos e cantavam acompanhadas de flautas rústicas.

Eles trataram os portugueses com muita amizade, e trocaram galinhas e carneiros pelos mais diversos objetos, mas ninguém conseguiu extrair deles nenhuma informação sobre a Índia.

Já tinham dado uma grande volta à costa africana. A esquadra voltou a seguir rumo ao Equador, ultrapassando o Ilhéu da Cruz, ponto extremo da viagem de Bartolomeu Dias, que dali regressara após descobrir o Cabo das Tormentas.

Viajaram dias e dias em meio a tormentas e bonanças, e acabaram por encontrar uma forte corrente marítima, que começou a empurrar a esquadra para trás, até que o Vento Sul veio em seu auxílio, permitindo-lhes vencer o obstáculo.

No dia 6 de janeiro de 1498, dia de Reis, ancoraram na enseada de um largo rio, que batizaram de Rio dos Reis. Receberam da gente da terra provisões e água doce, mas novamente nenhuma notícia tiveram da Índia. O desânimo começou, então, a dominar os portugueses, exaustos pela longa viagem e alquebrados pela fome e pelas tormentas.

Deixando o Rio dos Reis, dirigiram-se para o mar alto, pois correntes perigosas ameaçavam os navios na costa. Navegaram por um bom tempo, até que o capitão decidiu aproximar-se outra vez do litoral, onde uma novidade os alvoroçou: a existência de um porto do qual entravam e saíam barcos a vela. A alegria foi grande, porque entre aquela gente que sabia navegar eles esperavam ter notícias da Índia, como de fato ocorreu.

Eram todos negros, e percebia-se em sua língua algumas palavras do árabe. Usavam um pano de algodão enrolado na cabeça e outro, azul, cobrindo-lhes as partes vergonhosas.

Através da língua árabe, que falavam mal, disseram que o mar ali costumava ser cortado por naus tão grandes quanto as dos portugueses. Mas que essas naus vinham lá de onde nasce o sol, onde também havia gente branca.

Os portugueses ficaram tão contentes por receberem daquela gente notícias da Índia que batizaram o local de Terra dos Bons Sinais.

Como em todas as viagens marítimas importantes, a frota levava a bordo alguns padrões com inscrições comemorativas, para assinalar sua passagem por algum local. E naquela terra ergueram um deles, que levava o nome de São Rafael.

Sua alegria, porém, logo se transformou em dor. O escorbuto, uma doença terrível, alastrou-se entre os tripulantes, fazendo inchar as gengivas e apodrecer a boca, o que causava um mau cheiro que empestava o ar. Muitos morreram e foram sepultados naquela terra estranha.

– E assim – prosseguiu Vasco da Gama –, foi com grande esperança mas também com igual tristeza que seguimos viagem ao longo da costa, chegando afinal a Moçambique, de cuja falsidade o senhor já tem notícia, ó rei, bem como da traição do povo de Mombaça. Até que em Melinde recebemos sua proteção e conforto.

No reino de Netuno

O rei de Melinde, preocupado em conquistar a amizade lusitana, não cessava de homenagear os bravos navegantes. Todos os dias, comemorava a presença dos visitantes com banquetes, jogos e danças. Sua gentileza era tanta que, ao organizar pescarias, mandava mergulhadores prender peixes nos anzóis dos portugueses.

Mas o dever se sobrepõe ao prazer. Vasco da Gama, vendo que se detivera ali mais do que devia, resolveu prosseguir viagem. Ao se despedir do rei, este lhe disse que estaria sempre pronto a colocar seu reino a serviço de um rei tão bom quanto D. Manuel I e do seu povo tão sublime.

O capitão respondeu-lhe com palavras igualmente amáveis e logo mandou abrir as velas ao vento, partindo para as terras que há meses buscava. O piloto que levava de Melinde ia lhe mostrando a rota certa. E, assim, Vasco da Gama seguia muito mais seguro do que até então.

Em pouco tempo, alcançaram os mares da Índia; a alegria tomara conta da tripulação, enquanto Baco, com a alma cheia de inveja pelo sucesso da gente lusitana, ardia de raiva e blasfemava. Ele via a determinação do Olimpo em fazer de Lisboa uma nova Roma e era-lhe impossível contrariá-lo. Desesperado, desceu à Terra e dirigiu-se aos domínios de Netuno.

Nas profundezas do oceano, existem grandes cavernas de onde saem as ondas violentas quando o mar se agita com a fúria do vento. Ali, a areia é de prata e sobre ela ergue-se o transparente palácio de Netuno, tão claro e radiante que é impossível saber se feito de cristal ou diamante. As portas de ouro incrustadas de pérolas trazem belos entalhes, retratando, entre outras coisas, o Caos multicor que precedeu à criação do mundo, a sua organização nos quatro elementos e a guerra entre os deuses e os titãs.

Baco não se deteve muito a contemplar tais maravilhas e logo adentrou a morada de Netuno. Este, avisado de sua vinda, já o aguardava, acompanhado das alegres Nereidas, que mostravam espanto ao ver o rei do vinho entrando no reino da água.

– Ó Netuno – disse Baco –, estou aqui porque a sorte injusta também atinge os grandes e poderosos. Chame os deuses seus súditos, para que ouçam sobre o mal que ameaça a todos.

Preocupado, Netuno mandou seu filho Tritão convocar os deuses que habitam os mares. Tritão era grande e feio, possuía cabelos e barbas de algas, com mexilhões pendurados nas pontas. Como gorro, tinha na cabeça uma enorme casca de lagosta. Para nadar sem embaraço, não usava roupas, e seu corpo era coberto por centenas e centenas de moluscos e ostras sujas. Trazia na mão uma grande concha retorcida, que começou a tocar com força. Seu som ecoou por todo o mar, e os deuses atenderam incontinente ao chamado.

Veio o velho Oceano, acompanhado dos filhos e filhas. Veio Nereu, casado com Dóris, pais das ninfas marinhas. E Proteu, pastor dos peixes e profeta. De mãos dadas, vinham as duas esposas de Netuno: Tétis, vestida com um tecido transparente, tão bela que ao vê-la o mar se amansava, maravilhado; e Anfitrite, formosa como as flores, trazendo o delfim que a aconselhara a ceder aos amores do rei do oceano. E vinha o deus Glauco, o pescador transformado em peixe, ainda chorando a perda de sua amada Scila, convertida em cão.

Depois de acomodados em magníficas cadeiras de cristal, no salão que recendia a perfume de âmbar, Baco revelou a causa do seu tormento:

– Ó príncipe, senhor legítimo do mar irado, que refreia a gente da terra para que não passem dos seus limites. E vocês, deuses marinhos, que em seu grande reino não sofrem nenhuma ofensa que não seja castigada: que descuido é esse em que agora vivem? Quem lhes terá abrandado tanto o peito justamente endurecido contra os humanos fracos e atrevidos? Eles já dominam o fogo e agora querem dominar a água. A continuar assim, temo que, em poucos anos, eles se tornem deuses e nós, humanos. Se acham que exagero, atentem para a gente insignificante que leva o nome de meu vassalo, Luso: eles vão cortando seu mar, mais do que conseguiram os romanos. Estão devassando seu reino e violando suas leis. Mas não só vocês estão sendo ofendidos; eu também estou, pois esses vis portugueses querem roubar-me a honra de ser o conquistador do Oriente. Os deuses do Olimpo estão cegos para o perigo, e por isso desci aos domínios de Netuno; vocês são os únicos capazes de pôr fim a tal insolência.

E Baco continuou seu discurso inflamado. Ao terminar, os deuses estavam tomados pela cólera. Logo decidiram enviar um recado da parte de Netuno ao poderoso Éolo, deus dos ventos, para que os fizesse soprar com violência sobre o mar, até que a esquadra portuguesa fosse totalmente destruída. Proteu ainda tentou alertar os outros deuses com uma profecia, mas foi abafado pela deusa Tétis, que lhe gritou, indignada:

– Netuno sabe bem o que mandou!

Momentos depois, Éolo soltava do cárcere, no fundo das cavernas, os furiosos ventos, que, sem demora, foram em direção à frota portuguesa, derrubando o que encontravam no caminho.

Os Doze da Inglaterra

Era noite. Os marinheiros que acordaram para o segundo turno de vigília ainda estavam sonolentos, bocejando e apoiando-se nos mastros. Para afugentar o sono, resolveram contar histórias e lembrar casos. Um deles sugeriu que se contassem casos alegres. Mas Leonardo, que estava muito enamorado, não concordou:

– Para passar o tempo, que melhores contos que os de amor?

– Não convém tratar dessas branduras em meio a tanta dureza – respondeu Veloso. – Acho que uma história de lutas está mais de acordo com o que temos pela frente.

Todos concordaram e pediram ao próprio Veloso que contasse uma história do tipo que sugeria. Ele aceitou e anunciou que iria contar as proezas dos portugueses que ficaram conhecidos como os Doze da Inglaterra.

– No tempo do reinado tranquilo de D. João I, quando Portugal já se livrara das ameaças da vizinha Castela, lá na grande e fria Inglaterra a deusa da discórdia plantava seu pomo. Um dia, criou-se uma discussão entre as damas e os fidalgos da corte inglesa. Por convicção ou por pura teima, os fidalgos prometiam provar que aquelas senhoras – doze elas eram – não possuíam honra. E prometiam vencer em combate qualquer um que se propusesse a defendê-las. Fracas e indefesas, as damas pediram a ajuda de amigos e parentes. Mas nenhum destes se atreveu a enfrentar os poderosos inimigos.

Em lágrimas, elas decidiram pedir auxílio ao duque de Lencastre, que lutara ao lado dos portugueses contra Castela.

Temendo provocar uma guerra civil, o duque não quis sair pessoalmente em defesa das damas, mas lhes sugeriu:

– Quando estive em terras ibéricas, constatei nos lusitanos tanto valor e cavalheirismo que, na minha opinião, somente eles aceitariam defendê-las. Se desejarem, posso enviar um emissário àquela parte do continente, para que os lusitanos fiquem a par do seu agravo.

O duque apresentou às doze damas os nomes de doze bravos cavaleiros que conhecera em Portugal. E sugeriu que, após uma escolha por sorteio, cada uma escrevesse uma carta pessoal ao cavaleiro que lhe coubera, para o estimular ainda mais, e outra ao rei português.

Quando o mensageiro chegou a Portugal com as cartas, toda a corte se alvoroçou com a novidade. Em pouco tempo, os doze cavaleiros estavam preparados para partir, em uma nau veloz que D. João mandara armar.

Mas um deles, conhecido como Magriço, tinha outra ideia: disse aos companheiros que há muito desejava andar por territórios estrangeiros, para conhecer suas gentes e costumes, e pediu-lhes que o deixassem seguir por terra, prometendo encontrá-los na Inglaterra.

Todos concordaram e Magriço seguiu viagem. Passou pelos reinos de Leão e Castela, passou por Navarra, onde se elevam os Montes Pireneus, que separam a Espanha da França, e, após conhecer as grandezas da terra francesa, chegou a Flandres, que era na época o grande entreposto comercial da Europa. Ali, em vez de prosseguir viagem, ele permaneceu por muitos dias.

Enquanto isso, os outros onze cavaleiros chegavam à costa da Inglaterra, após cortarem as ondas frias do Mar do Norte. Seguindo para Londres, foram recebidos com grande festa pelo duque de Lencastre e acolhidos afetuosamente pelas doze damas.

No dia marcado para a peleja, as damas usavam coloridos trajes de seda e muitas joias valiosas. Mas aquela a quem coubera o Magriço vestiu-se de luto, por não ter um cavaleiro como defensor.

O rei inglês já estava sentado na tribuna, com toda a corte. Os combatentes se colocaram nos dois lados do campo de luta. Do Oriente ao Ocidente nunca se viram homens tão possantes e valentes como os doze ingleses que enfrentariam os onze portugueses. Os cavalos mastigavam os freios dourados, espumando, indóceis. As armas brilhavam ao sol. E a plateia comentava a desigualdade entre os dois bandos, quando um grito de surpresa se elevou da multidão: entrava na arena mais um cavaleiro. Dirigiu algumas palavras de saudação ao rei e às damas e juntou-se aos onze portugueses. Era o grande Magriço, que abraçou calorosamente os amigos. A dama de luto, ao saber que aquele era quem vinha defender sua honra e seu nome, alegrou-se e vestiu uma roupa tecida com fios de ouro.

Soou a trombeta e iniciou-se o combate. Os cavaleiros picaram as esporas e baixaram as lanças. O chão parecia tremer com o estrépito dos cavalos. Os corações dos assistentes estremeciam de medo. Um dos cavaleiros voou da sela, outro gemeu ao cair junto com o cavalo, outro tingiu de vermelho a armadura prateada. Um cavalo correu sem dono, e lá um dono correu sem o cavalo. Os ingleses perderam sua soberba, porque dois deles já estavam fora do campo. E os que caíram da montaria, ao tentarem lutar com as espadas, encontraram muito mais do que a simples armadura dos adversários. Resumindo: ao final, a palma da vitória ficou com os portugueses e as damas foram assim gloriosamente desagravadas.

O duque recebeu os doze vencedores em seu palácio, com festas e alegria. E as formosas damas não se cansaram de oferecer banquetes aos bravos lusitanos até seu regresso a Portugal.

Dizem, porém, que o Magriço, sempre desejoso de conhecer outras terras, não voltou, permanecendo em Flandres, onde prestou um grande serviço a uma condessa e matou um cavaleiro francês em duelo. Outro dos doze cavaleiros foi para a Alemanha, onde teve um duro duelo com um alemão que tentara matá-lo à traição.

Nessa altura da narrativa, os marujos pediram a Veloso que voltasse à história do Magriço, para depois contar a do cavaleiro na Alemanha. Veloso concordou, mas não teve tempo de atendê-los: foi interrompido pelo apito do contramestre, que já estava há algum tempo a examinar o céu.

A fúria dos ventos

O alarme despertou todos os marinheiros. Como o vento aumentava, o contramestre mandou recolher as pequenas velas das gáveas. Nem bem elas foram recolhidas, uma grande e súbita tempestade começou a cair.

– Amainar a grande vela! – gritou o contramestre.

Não houve tempo. Os ventos impetuosos fizeram a grande vela em pedaços, com um barulho que parecia anunciar o fim do mundo. Os marujos gritavam, tomados de pavor, porque a nau capitânia se inclinara de tal forma que uma grande quantidade de água a invadiu.

– Alijar! – gritou o contramestre. – Lancem toda a carga ao mar! Bombeiem a água, pois estamos afundando!

Um grupo correu para as bombas, mas foi derrubado por uma onda. Três fortes marinheiros não eram suficientes para manobrar o leme.

Os ventos eram tão violentos que poderiam derrubar a grande Torre de Babel. Sobre aquelas ondas imensas, causava espanto que as caravelas se mantivessem à tona.

O navio em que ia Paulo da Gama estava quase todo alagado e com o mastro partido. Os homens gritavam pelo Salvador. Outros gritos vinham da nau de Nicolau Coelho, que no entanto tivera tempo de amainar a grande vela antes da chegada do vento. As ondas do raivoso Netuno por vezes erguiam as naus até as nuvens, por vezes parecia descê-las até as profundezas do oceano. Os ventos de todos os quadrantes sopravam com violência. A noite feia era iluminada pelos raios que surgiam de toda parte. Os elementos lutavam entre si.

Vendo que tudo parecia perdido quando estava tão perto de atingir seu objetivo, Vasco da Gama começou a rezar:

– Senhor, por que nos abandona depois de tantos perigos e sofrimento? Suplico que nos salve, pois aqui estamos a seu serviço.

A tormenta, porém, só fazia piorar. Os medonhos relâmpagos não paravam e os trovões sacudiam os céus.

Assim foi até que a estrela Vênus surgiu no céu, iluminando o ânimo dos navegantes. Ao ver o perigo que sua amada gente corria, a deusa foi tomada ao mesmo tempo pelo medo e pela ira.

– Por certo estas são obras de Baco – disse ela. – Mas ele não conseguirá atingir seu objetivo, porque sempre o impedirei.

E desceu ao mar com as ninfas pelas quais os ventos nutriam grande paixão. Ela pretendia, desse modo, acalmá-los. Assim foi: à visão das formosas ninfas, os ventos perderam a força e passaram a obedecê-las, vencidos. Não demorou muito, todos se entregaram à linda Vênus, que prometeu favorecê-los em seus amores, recebendo em troca a promessa de que eles lhe seriam leais durante a viagem dos portugueses.

Nas terras de Malabar

Amanhecia, quando os marinheiros, aliviados, finalmente avistaram terra. O piloto de Melinde disse:

– Se não me engano, é a Índia, que tanto andam buscando!

Sem conseguir suportar tanta alegria, Vasco da Gama ajoelhou-se e agradeceu a Deus pelo grande favor.

Pouco depois, surgiram pequenos barcos de pescadores, que indicaram o caminho de Calicute, capital do reino de Malabar.

A frota seguiu ao longo da costa. Do mar, descortinava-se o maciço de Gate, uma gigantesca muralha natural que separava o reino de Malabar do de Canará.

Finalmente chegaram perto da barra de Calicute. Vasco da Gama enviou um de seus homens, João Martins, para comunicar ao rei a chegada dos portugueses. Ao chegar ao porto, o mensageiro atraiu a atenção de todos pela cor de sua pele, as feições estranhas e as roupas diferentes, e logo foi cercado por uma multidão.

No entanto, entre aquela gente havia alguém que já conhecia os lusitanos: era um muçulmano, nascido no norte da África. Para surpresa de João Martins, ele lhe perguntou em castelhano:

– O que os trouxe a este lugar, tão longe da sua pátria?

– Viemos pelo mar profundo, por onde nunca ninguém passara, para aqui espalharmos a fé de Cristo – respondeu o mensageiro.

Espantado com a proeza, o mouro, que se chamava Monçaide, informou que o rei, intitulado samorim, estava fora da cidade, mas não muito distante. E sugeriu que, enquanto a notícia da chegada dos portugueses não chegasse ao rei, João Martins ficasse em sua casa, onde poderia provar as comidas da região. Depois, disse, queria ir com ele até a frota, pois estava muito contente em encontrar gente vizinha em tão longínqua terra.

Martins aceitou de boa vontade a oferta de Monçaide. Após comer e beber, como se fossem velhos amigos, os dois seguiram para os navios.

Subiram à nau capitânia, na qual Monçaide foi muito bem recebido. Vasco da Gama abraçou-o, satisfeito, ao ouvi-lo falar a língua castelhana. Sentou-se ao seu lado e pediu-lhe que falasse daquele lugar.

Monçaide começou por demonstrar sua admiração pela longa viagem dos portugueses e disse que certamente Deus os guiara até ali e os protegera de tantos perigos por algum motivo misterioso. Então, passou a falar sobre a Índia, onde viviam diversos povos, ricos e prósperos.

– Nesta região existem hoje – disse – vários reis, mas antes havia um só governante. O último que manteve este reino unido foi Saramá Perimal, até que aqui chegaram outros povos, seguidores do culto maometano, no qual também eu fui educado por meus pais. Pregaram com tal eloquência sua fé, que Perimal se converteu e resolveu morrer como santo, em Meca, a terra do profeta Maomé. Antes de ir embora, repartiu entre os seus o poderoso reino, premiando aqueles que mais o haviam servido e contentado. A um rapaz de quem gostava muito deu a cidade de Calicute, já então rica pelo comércio. Feito isto, partiu. Apesar da divisão, o samorim é o governante mais poderoso da Índia.

Após uma breve pausa, o mouro continuou:

– Aqui há duas castas de gente: a dos nobres, os naires, e a dos menos dignos, os poleás. A religião não permite que eles se misturem. Entre os poleás, só são permitidos casamentos de pessoas que tenham o mesmo ofício, e os filhos só podem exercer a mesma profissão dos pais. Para os naires, é um grande pecado serem tocados pelos poleás: quando isso por acaso acontece, eles se limpam e se purificam em grandes cerimônias. Só os naires podem exercer o ofício das armas. Seus sacerdotes têm o nome de brâmanes; eles observam os preceitos do sábio que inventou a palavra *filosofia*. Não matam nem mesmo um inseto e abstêm-se de carne. Somente nas relações sexuais são mais livres e menos contidos. As mulheres são comuns, mas somente para os da raça do marido. Ó gente feliz, que não sofre de ciúme!

No palácio do samorim

A notícia da vinda dos portugueses chegou rapidamente ao samorim, que retornou a Calicute, para receber Vasco da Gama. Sem demora, o comandante luso embarcou com alguns homens para o porto.

Em terra, um catual, como eram chamados os ministros do reino, rodeado de naires, aguardava o capitão português. Ao vê-lo, o catual abraçou-o e ofereceu-lhe uma liteira, para que seguisse carregado nos ombros de homens, de acordo com o costume local. Com o catual também em um palanquim, foram para onde os aguardava o samorim. Os outros portugueses iam a pé. O povo, alvoroçado, aglomerava-se para observar aquela gente tão diferente.

Atraindo cada vez mais gente à sua passagem, o cortejo deteve-se diante de um templo grandioso, no qual entraram os portugueses e a comitiva do catual.

Depararam-se, ali, com imagens de divindades esculpidas em madeira e pedra. Uma tinha chifres, outra, duas cabeças; uma possuía muitos braços, outra, uma cabeça de cão. Os cristãos, acostumados a ver Deus representado em forma humana, ficaram boquiabertos. Os indianos fizeram, então, uma cerimônia religiosa. Depois, todos seguiram para o palácio.

Nos portais da moradia real viam-se entalhes que retratavam a história da Índia, desde a mais remota antiguidade. Entre elas, havia uma que representava o exército de Baco, que tantas vitórias alcançou no Oriente. A comitiva atravessou muitas salas luxuosas, antes de entrar no salão onde estava o monarca indiano. Ao seu lado estava um velho ajoelhado, que de quando em quando lhe servia uma folha de bétel, que ele mascava, segundo costume da terra. Um brâmane dirigiu-se em passos lentos até Vasco da Gama e fez-lhe sinal para que se sentasse diante do samorim.

Com uma voz respeitosa e respeitável, o capitão disse:

– Um grande rei, lá das terras onde é noite quando aqui é dia, tendo notícia do seu poder em toda a Índia, quer estabelecer vínculos de amizade com Vossa Majestade. Ele enviou-me para comunicar-lhe que possui em seu reino muitas riquezas, e que, se Vossa Majestade consentir no comércio entre as duas nações, isso trará muito proveito para um e glória para o outro. Caso isso aconteça, meu rei estará pronto a ajudá-lo nas guerras com soldados, armas e navios.

O samorim respondeu que muito se honrava em receber esta proposta, mas que só daria sua resposta após uma reunião com o Conselho de Estado. Até lá Vasco da Gama poderia descansar da trabalhosa viagem.

Vasco da Gama e os outros portugueses ficaram hospedados no palácio do catual, que recebera do samorim a missão de informar-se melhor sobre os estrangeiros. Assim que o dia raiou, ele mandou chamar Monçaide. Pediu-lhe que contasse tudo o que sabia sobre os portugueses.

– Sei que é gente lá da Ibéria, uma península próxima à minha terra. Eles seguem a religião de um profeta, nascido no ventre de uma virgem e gerado por um espírito divino. São bravos na guerra: expulsaram-nos dos férteis campos dos rios Tejo e Guadiana em batalhas memoráveis. Não contentes, cortando os mares tempestuosos, não nos deixaram tranquilos nas terras africanas, tomando-nos cidades e fortalezas. O mesmo valor eles têm demonstrado em outras guerras com os beligerantes povos da Espanha. Poucas vezes foram batidos por armas inimigas. Mas se ainda deseja saber mais, é melhor que se informe através deles próprios, pois são gente verdadeira, a quem a falsidade ofende mais que tudo. E decerto o senhor gostará de ver de perto suas naves e armas poderosas.

O catual acatou a sugestão com muito prazer, pois era grande o desejo de examinar os navios. Mandou equipar batéis e partiu com Monçaide e inúmeros naires em direção às caravelas portuguesas.

Na nau capitânia, foram recebidos por Paulo da Gama e Nicolau Coelho.

Havia no navio bandeiras de seda que traziam pintadas as façanhas guerreiras dos portugueses. As pinturas atraíram a atenção dos naires e do catual, que perguntou a Paulo da Gama o que significavam. Diante desse interesse, o irmão do comandante passou a narrar aos visitantes um pouco da história portuguesa, chamando a atenção para as cenas mais importantes. Começou pela que retratava o glorioso Luso, que deu nome à terra e à gente portuguesa, e terminou na que trazia flagrantes das batalhas travadas pelos lusitanos contra os mouros, no norte da África.

O catual examinou atentamente as bandeiras, e ali ficaria mais tempo se o sol já não tivesse começado a esconder-se no horizonte, obrigando os indianos a deixar a poderosa nave, em busca do repouso da noite.

O falso profeta

Enquanto isso, a mando do samorim, os adivinhos da corte estudavam as vísceras de animais sacrificados, buscando sinais que lhes permitissem prever o futuro e saber mais sobre aquela gente vinda de tão longe.

O Demônio mostrou a um deles que os lusitanos escravizariam o povo de Calicute e destruiriam suas riquezas. Assustado, o mago correu a contar ao rei o que vira.

Além disso, o ardiloso Baco apareceu em sonhos a um sacerdote muçulmano, na forma do profeta Maomé, dizendo-lhe:

– Guardai-vos do mal que está sendo preparado pelo inimigo que vem pelo mar!

O sacerdote acordou sobressaltado. Ao perceber que se tratara apenas de um sonho, voltou a dormir, tranquilo. Porém, Baco voltou a falar-lhe, ainda disfarçado em Maomé:

– Não me reconhece? Fui eu quem dei aos seus antepassados os preceitos da sua religião. Saiba que os navegantes recém-chegados causarão muitos danos a Calicute e a seu comércio com Meca. É preciso resistir aos piratas invasores, enquanto é tempo. Lembre-se: quando o sol nasce, podemos olhar para ele, mas depois que sobe no céu fica tão brilhante que cega quem se atreve a fitá-lo. Da mesma forma, vocês serão cegados se não impedirem que esses invasores criem raízes aqui.

Dito isso, Baco desapareceu e o sacerdote voltou a despertar, atônito e trêmulo. Saltou da cama e começou a meditar sobre as palavras do deus invejoso, que envenenavam seu espírito.

Quando amanheceu, o sacerdote convocou uma reunião com os principais sacerdotes muçulmanos, aos quais contou seu sonho. Houve uma grande discussão, em que cada um sugeriu as mais astutas traições e perfídias contra os portugueses. Por fim, decidiram comprar os governantes de Calicute, para jogá-los contra os portugueses. Assim, com joias e ouro ganharam a simpatia dos ministros, e os convenceram de que os visitantes eram invasores perigosos.

Influenciado pelos seus conselheiros e assustado com o que os adivinhos lhe disseram, o samorim passou a hesitar em dar uma resposta aos portugueses.

É certo que o comandante lusitano sabia que, no momento em que recebesse uma prova segura da existência do mundo que acabara de descobrir, D. Manuel não cumpriria o acordo com o rei de Malabar e enviaria muitos navios de guerra para conquistá-lo. A Vasco da Gama, porém, só interessava o sucesso de sua missão; as implicações políticas da descoberta do caminho marítimo para a Índia não eram de sua alçada. Por isso, ao ser avisado por Monçaide das intrigas dos mouros e das dúvidas do regedor, sua impaciência aumentou: o perigo de sua missão fracassar era grande.

A hora da verdade

Mas se o medo se instalara no peito do samorim, nele ainda havia lugar para a cobiça, pois via que poderia tirar grande proveito do acordo que lhe era proposto pelo rei de Portugal. Indeciso, mandou chamar o capitão lusitano e disse-lhe:

– Estou informado de que vocês não têm nem rei nem pátria e têm passado a vida como vagabundos. Pois que rei seria louco a ponto de enviar frotas em viagens tão longas e incertas? E se o seu rei é poderoso, que valiosos presentes me traz como prova disso? A amizade entre os grandes reis é selada com presentes valiosos, e não com as palavras de um errante navegante. Caso vocês tenham sido desterrados, não temam: serão agasalhados em meu reino, como já ocorreu com outros homens ilustres, pois toda terra é pátria para quem tem valor; e se forem piratas, podem confessar sem receio de castigo de morte, pois é normal que um homem faça de tudo para sobreviver.

Quando o samorim terminou, Vasco da Gama respondeu-lhe:

– Se não existisse esse ódio tão antigo entre os maometanos e os cristãos, Vossa Majestade não poderia ter concebido tão más suspeitas de nós. Se eu vivesse de pirataria ou desterrado de minha pátria, por que viria, enfrentando tantos perigos, procurar um abrigo tão longínquo e desconhecido? Não trago presentes de alto valor, porque vim apenas para descobrir o caminho marítimo para o seu reino. Se estranha a ousadia de meu rei, em mandar-me de tão longe, saiba que ele não recua diante de nenhuma grande empresa. Há muitos anos, nossos reis decidiram vencer dificuldades e perigos, desafiando o mar tempestuoso, para descobrir as últimas praias por ele banhadas. Um após outro, esses reis foram abrindo caminhos, até o extremo sul da África. E assim, aqui viemos nós, agora, para alargar ainda mais as fronteiras do nosso mundo. Cá chegamos vencendo calmarias e tempestades, e desejamos apenas levar um sinal de Vossa Majestade ao nosso soberano. Assim, ó rei, se acreditar em mim, permita-me que retorne o quanto antes com sua resposta. Mas se ainda tem dúvida, medite sobre minhas palavras, pois nelas a verdade será reconhecida.

Ouvindo Vasco da Gama falar com tanta segurança, o samorim convenceu-se de que os magos erravam e seus conselheiros estavam enganados, sem saber que na realidade estes últimos eram corruptos. Assim, autorizou que o capitão comercializasse imediatamente a mercadoria que trouxera, trocando-a por especiarias, além de assegurar-lhe que firmaria um tratado de paz e amizade com D. Manuel.

A traição do catual

Vasco da Gama despediu-se do rei indiano e foi pedir ao catual que lhe providenciasse um barco para levá-lo à nau capitânia, pois o seu batel já havia retornado.

– A única embarcação que eu lhe poderia ceder está bem longe daqui. Vocês terão de esperar até amanhã de manhã para partir – mentiu o ministro.

O capitão ainda insistiu, lembrando que o próprio samorim ordenara que partisse sem demora, mas o catual não deu a menor atenção às suas palavras; juntamente com os mouros, procurava uma maneira de destruir os portugueses.

Por fim, o catual proibiu até mesmo que os batéis portugueses viessem buscar o comandante. E, diante dos protestos de Vasco da Gama, argumentou:

– Deixar a frota assim tão longe é coisa de inimigo ou de ladrão, pois amigo não desconfia de amigo. Que a frota aporte, então, como prova de amizade, para facilitar o embarque e desembarque das mercadorias.

Percebendo que o catual desejava que as naus se aproximassem para tentar destruí-las, Vasco da Gama não concordou e, como resposta, ficou preso durante toda aquela noite e parte do dia seguinte.

Surpreso com a recusa obstinada do capitão e assustado com a possibilidade de que o samorim viesse a saber de sua arbitrariedade, o catual resolveu fazer outra proposta: o comandante deveria mandar vir para terra toda a mercadoria que trouxera, e ele e os outros conselheiros intermediariam a troca. Vasco da Gama aceitou, pois sabia que isso serviria para comprar a sua liberdade. Concordaram que batéis indianos fossem até as naus para trazer a mercadoria. E Vasco da Gama escreveu uma carta ao irmão, ordenando que a entregasse.

A carga foi trazida e dois portugueses ficaram em terra com a incumbência de acompanhar o negócio.

Os dias passavam e nenhuma venda ou troca era feita. Com astúcia e velhacarias, os mouros e o catual faziam com que os comerciantes não aceitassem o que os portugueses ofereciam.

– Se não foi por ganância, por que o catual quis servir de intermediário nessa transação? – perguntava-se Vasco da Gama.

A troca de reféns

Às margens do Mar Vermelho, próximo à cidade de Meca, prosperava o porto de Jedá. Todos os anos, saía dali uma magnífica frota moura, que ia pelo Oceano Índico até a costa de Malabar em busca de especiarias.

Era por essas naus que os mouros de Calicute aguardavam. Como elas eram grandes e possantes, destruiriam facilmente as dos portugueses, que tentavam arrebatar seu comércio.

Os muçulmanos não contavam, porém, que justamente um deles se compadeceria dos portugueses: Monçaide, que já nutria alguma amizade pelos lusitanos e, inspirado por Vênus, revelou o abominável plano ao capitão.

Vasco da Gama, sem perda de tempo, mandou que os dois portugueses em terra voltassem para as naus, escondidos. Os mouros, no entanto, pressentiram que eles se preparavam para deixar a cidade e os prenderam. Em represália, o capitão prendeu alguns comerciantes que foram vender clandestinamente suas pedrarias nas naus. Eram mercadores muito ricos, e sua falta foi logo notada na cidade.

Desesperados, as mulheres e os filhos dos comerciantes detidos pediram a intervenção do samorim. Imediatamente ele determinou que os dois portugueses regressassem à frota com a sua mercadoria, apesar da objeção dos maometanos. E, com eles, enviou suas desculpas a Vasco da Gama, rogando-lhe que soltasse os comerciantes.

O capitão, mais satisfeito com a volta dos dois subordinados do que com os pedidos de desculpa de um soberano tão desmoralizado, soltou os reféns e ordenou que a esquadra levantasse âncora.

O exército de Cupido

Vasco da Gama não partiu, porém, de mãos vazias, sem provas que garantissem ao rei lusitano a sua extraordinária descoberta: levava alguns malabarenses, detidos à força quando chegaram à frota para devolver os dois portugueses. E também especiarias, como pimenta, noz-moscada, cravo e canela, compradas por intermédio de Monçaide, que decidira se converter ao cristianismo e partir com a frota.

Afastando-se da costa de Malabar, as naus rumaram para o Cabo da Boa Esperança, voltando a afrontar os grandes perigos do mar imprevisível. Os marinheiros seguiam felizes, pois o prazer de chegar à pátria e contar aos parentes o que tinham visto naquela longa viagem, e a expectativa pelos prêmios que ganhariam por tão difícil trabalho, tudo isso lhes dava uma enorme alegria.

Eles não sabiam que Vênus também lhes daria um prêmio pela sofrida vitória que alcançaram.

A deusa havia preparado para os seus protegidos uma ilha paradisíaca, onde pretendia instalar as mais lindas ninfas do oceano, que proporcionariam aos bravos argonautas grandes prazeres. Para que elas se apaixonassem pelos portugueses e assim lhes dessem maior contentamento, Vênus vai em busca de seu filho Cupido.

O deus alado organizava uma expedição para castigar os homens, que estavam amando coisas que lhes haviam sido dadas não para amar, mas para usar, tal como o poder e a religião, que existiam para espalhar o bem e não para o benefício de governantes e sacerdotes. Mas os trabalhos foram interrompidos para receber Vênus.

Depois de abraçar Cupido, a deusa lhe disse:

– Amado filho, há muito tenho ajudado os portugueses, por serem parecidos com os romanos, meus antigos protegidos, e por saber que sempre hão de me venerar. Na sua viagem à Índia, eles foram molestados pelo odioso Baco, mas a tudo superaram, mostrando grande valor. Quero agora que recebam um prêmio pela glória alcançada. Para tanto, as ninfas do oceano devem ser profundamente feridas de amor pelos lusitanos, e depois reunidas em uma ilha que já preparei com as dádivas da primavera. Ali, elas aguardarão os portugueses e lhes entregarão tudo o que seus olhos cobiçarem. Quero que desta união surja uma nova raça, forte e bela, para reinar sobre o mundo, como demonstração da minha força. Pois se conseguir acender na água, onde nasci, o fogo imortal do amor, não haverá na terra nenhum mal ou hipocrisia capaz de resistir-lhe.

Ao ouvir as palavras da mãe, Cupido apressou-se em obedecer. Mandou trazer seu arco de marfim, com o qual disparava as setas com ponta de ouro, e convocou a deusa Fama para ajudá-lo.

Mandaram-na à frente, para ir tecendo elogios aos navegadores, mais alto do que jamais fizera para outros heróis. E logo o rumor da Fama se espalhou até as mais profundas cavernas do mar. O louvor foi mudando o coração das divindades marinhas, que antes se colocaram contra os portugueses, por instigação de Baco. E os corações femininos, que facilmente mudam de opinião, já começavam a considerar crueldade desejar mal a gente tão forte.

Cupido passou então a disparar suas setas, uma após outra. O mar gemia com os disparos. As ninfas caíam, lançando ardentíssimos suspiros. E caíam sem terem ainda visto os heróis amados, pois a fama pode tanto quanto a vista.

Por fim, o deus alado puxou com força a corda do seu arco, quase juntando as pontas. Com sua última flecha, queria ferir Tétis, que sempre conseguira esquivar-se dele. E pouco depois de soltá-la, não restava nos mares nenhuma ninfa viva: porque se feridas elas ainda viviam, era somente para sentir que morriam de amor.

A Ilha dos Amores

Havia dias os portugueses procuravam um local onde pudessem prover-se de água doce para a longa viagem. À luz da alvorada, avistaram com alegria a fresca e bela Ilha dos Amores, que Vênus levava sobre as ondas em sua direção. As proas rumaram para uma enseada tranquila, que chamava a atenção pela areia branca ornamentada de conchas vermelhas. Três verdejantes colinas erguiam-se com graciosa imponência. Claras e límpidas fontes brotavam dos cumes e suas águas corriam por entre os seixos brancos, dando vida à vegetação circundante. Em um vale ao pé das colinas, as águas se juntavam, formando o mais belo lago que se pode imaginar. O arvoredo pendia sobre suas margens, mirando-se no espelho de cristal resplandecente. Muitas árvores mostravam aos olhos maravilhados dos portugueses perfumados e belos frutos, que cresciam ali melhor do que se tivessem sido cultivados: as cerejas purpúreas, as amoras cujo nome vem de amores, os pêssegos originários da Pérsia, as romãs, as uvas e as peras. E no solo do qual se erguiam estendia-se um tapete de flores. Os narcisos inclinavam-se sobre o lago transparente, e ali floresciam as anêmonas. Viam-se no céu e na terra as mesmas cores, e era difícil saber se a bela Aurora coloria as flores ou se era por elas colorida. A primavera tudo pintava: as violetas, o lírio, a bela e fresca rosa da cor que reluz nas faces da donzela. As açucenas brancas, orvalhadas pelas lágrimas matinais, e a manjerona. Por toda parte, Clóris, ninfa das flores, competia com Pomona, ninfa dos frutos.

O cisne cantava deslizando sobre a água e era respondido pelo rouxinol pousado em um ramo. Ali surgia a medrosa lebre, e lá passeava a tímida gazela.

Os argonautas desembarcaram. As belas ninfas fingiram não notar a presença dos amados, para assim se fazerem mais desejadas, como Vênus lhes ensinara. Umas tocavam doces

cítaras, outras, harpas e sonoras flautas. Um gracioso grupo, empunhando arcos de ouro, fingia perseguir os animais, e várias banhavam-se, nuas.

Extasiado, Fernão Veloso disse:

– Senhores, bem se vê que são grandes e excelentes as coisas que o mundo esconde aos ignorantes. Vamos ver se estes seres tão belos são miragem ou verdade.

Os homens, movidos pelo desejo, correram para as ninfas, mais velozes do que gamos. Elas fugiam por entre os ramos, mas sem muita pressa. E pouco a pouco, sorrindo e gritando, deixaram-se alcançar pelos caçadores que corriam como galgos. O vento erguia os cabelos de uma e as delicadas vestes de outra. Uma caía propositalmente na praia arenosa e logo perdoava o perseguidor que sobre ela também caíra.

Alguns homens toparam com as que se lavavam, despidas. Muitas, fingindo recear mais a força que a vergonha, lançaram-se pelo mato, oferecendo aos olhos o que negavam às mãos cobiçosas. Outras escondiam o corpo na água. Outras apressavam-se em pegar as roupas. Houve um rapaz que se atirou no lago vestido e calçado, com pressa de matar na água o fogo que nele ardia. Como um cão de caça arfante, ele lançou-se sobre a sua presa.

Leonardo, soldado de belos traços, astuto e namorador, mas que só tivera desgostos com o amor, corria atrás de uma ninfa, dizendo:

– Ó formosura, a quem concedo a vida. Espere pelo corpo de quem já lhe deu a alma. Todas as outras já se cansaram de correr e se renderam à vontade dos perseguidores. Por que só você foge de mim?

Sempre correndo, continuou a fazer-lhe declarações de amor, pedindo que o esperasse. E a bela ninfa não mais fugia para acender-lhe a paixão, mas para continuar a ouvir suas doces palavras. Até que lhe voltou o rosto alegre e deixou-se cair aos pés do vencedor, que se desfez todo em puro amor.

Oh! Que famintos beijos e mimosos choros soavam pela floresta! Que afagos suaves! Que pudores zangados logo transformados em risos! O que ali aconteceu, é melhor experimentar do que imaginar. Mas quem não pode experimentar, que imagine.

As ninfas, depois do amor, adornaram os navegantes com coroas de louros, ouro e flores. Como esposas, prometeram-lhes eterna companhia, na vida e na morte. Tétis levou Vasco da Gama até um palácio de cristal e ouro puro, onde passaram o resto do dia em doces folguedos e prazer constante, enquanto os outros faziam o mesmo sob as árvores e entre as flores.

Bem eram dignos os bravos navegantes do prêmio que lhes reservara Vênus; ao fugirem do ócio e da indolência e resistirem à tentação da cobiça desmedida, alcançaram corajosamente a fama, recusando as honras fáceis e vãs, pois é melhor merecer a glória sem tê-la que possuí-la sem merecê-la.

A máquina do mundo

A noite caía quando as formosas ninfas, de braços dados com os amantes satisfeitos, seguiram em direção ao palácio reluzente. Haviam sido convidados por Tétis, que lhes preparara um grande banquete. Aos pares, sentaram-se em ricas cadeiras de cristal. À cabeceira, em cadeiras de ouro, sentaram-se Vasco da Gama e Tétis. Sobre a mesa, em pratos também de ouro, havia suaves e divinas iguarias. Vinhos perfumados espumavam nos vasos de diamante.

Conversava-se alegremente com risos e ditos espirituosos, e, com sua voz doce, uma sereia cantava os feitos de heróis futuros, que a custo de muito sangue conquistariam o Oriente.

Terminado o banquete, Tétis pediu a Vasco da Gama que a acompanhasse, junto com seus homens. Seguiram através do bosque, até uma planície coberta de esmeraldas e rubis. Os portugueses, espantados, viram surgir no ar um globo no qual penetrava uma luz brilhantíssima, que mostrava tanto o seu centro quanto a superfície. Não se conseguia perceber de que matéria era feito, mas via-se muito bem que continha várias esferas concêntricas. Tétis disse:

– Esta é a máquina do mundo, fabricada pelo ilimitado e profundo Saber. Esta luz clara e radiante que emana da primeira esfera, envolvendo as menores, cega não só a vista como também a mente humana. Nesta esfera, chamada *Empíreo*, estão as almas puras, gozando o imenso privilégio de ver Deus, o Destino ao qual também nós, deuses e seres fabulosos criados pelo homem, obedecemos. Essa primeira esfera é imóvel, mas a que vem em seguida gira tão rapidamente que se torna invisível. É o *Primeiro Móvel*, que transmite movimento às demais esferas interiores, e assim faz com que haja os dias e as noites. A terceira esfera chama-se *Cristalino*, e gira muito lentamente. A ela está ligado o ciclo dos equinócios. Vejam agora esta quarta esfera, esmaltada de corpos lisos e brilhantes. É o *Firmamento*, onde estão fixados os astros que formam as doze constelações do Zodíaco. Nesta esfera estão também as demais figuras formadas pelas estrelas, como a Carreta, Andrômeda, Cassiopeia, Órion, o Cisne, a Lebre e os Cães, Argos e Lira. Seguem-se as esferas dos sete astros, Saturno, Júpiter, Marte, Sol, Vênus, Mercúrio e Lua. Repare que todas essas órbitas seguem diferentes cursos, ora distanciando-se e ora aproximando-se do centro, que é a Terra, última esfera, onde estão o Fogo, o Ar e a Água. Ela é a morada dos atrevidos humanos, que não se contentam em sofrer os perigos da terra e desafiam o mar instável.

E Tétis passou a descrevê-la a Vasco da Gama, começando pelos confins da Europa e passando ao continente africano, que os portugueses acabavam de contornar. Mostrou-lhe depois as terras do Oriente, do Mar Vermelho até o Japão, descrevendo minuciosamente sua geografia e suas nações, seus povos e riquezas, seus costumes e religiões. Falava de sua história passada e futura, destacando os nomes dos heróis portugueses que dentro em breve por ali passariam. Depois mostrou-lhe um grande continente que se estendia de um polo a outro, muito rico em ouro, que seria descoberto pela gente de Castela, no qual também os portugueses teriam a sua parte, lá onde ele se alargava, ao sul, e que seria batizada de Santa Cruz. Ao final dessa costa, um navegante português, Fernão de Magalhães, viria a alcançar um estreito que levaria seu nome e pelo qual se poderia passar para o outro oceano.

Concluindo, disse Tétis:

– Isto é tudo o que lhes é permitido saber sobre o futuro. E agora podem embarcar, pois o tempo está favorável, e o seu rei os aguarda ansioso.

Pouco depois, os portugueses se despediam da Ilha dos Amores, levando a lembrança daquelas ninfas que eternamente cantariam as suas glórias.

Com vento sempre manso, cortaram o mar sereno até avistarem o desejado território natal. Entraram pela foz amena do Tejo e foram recebidos com muita festa pelo povo e pelo rei D. Manuel, a quem sua viagem proporcionaria muitas glórias.

QUEM FOI RUBEM BRAGA?

Capixaba de Cachoeiro de Itapemirim, Rubem Braga nasceu em 1913. Desde cedo dedicou-se ao jornalismo, destacando-se na crônica e na reportagem. Ocasionalmente trabalhou como publicitário, editor e diplomata.

Reuniu em livros seus trabalhos como correspondente junto à Força Expedicionária Brasileira, durante sua campanha na Itália, na Segunda Guerra Mundial. Desde *O conde e o passarinho*, de 1936, até *As boas coisas da vida*, de 1989, publicou dez obras de crônicas. Trabalhou em telejornalismo e escreveu para a *Revista Nacional,* além de colaborar em várias outras publicações.

Para a Série Reencontro, Rubem adaptou *Cyrano de Bergerac, Tartarin de Tarascon* (pelos quais recebeu Menção Honrosa do Prêmio Jabuti 1988) e *O fantasma de Canterville*.

Rubem Braga faleceu em dezembro de 1990, no Rio de Janeiro.

QUEM É EDSON ROCHA BRAGA?

Edson Rocha Braga nasceu em Cachoeiro de Itapemirim, em 1938. Jornalista e publicitário, trabalhou em vários diários cariocas e também em telejornais. Em propaganda, foi contato e redator de algumas das maiores agências do país.

Traduziu vários livros do inglês, francês e espanhol, entre eles *Os funerais da Mamãe Grande,* do escritor colombiano Gabriel García Márquez.

Roteiro de Trabalho

RENCONTRO literatura

editora scipione

Os Lusíadas

Luís de Camões • Adaptação de Rubem Braga e Edson Rocha Braga

Maior épico da língua portuguesa e um dos clássicos eternos em nosso idioma, Os Lusíadas narra a saga de Vasco da Gama, desbravando os mares em busca do caminho para as Índias e da consolidação do império português. Aventura, heroísmo, bravura, romance, todo o leque das paixões humanas se encontra na obra, que é uma suma do pensamento humanista do Renascimento do século XVI. Simultaneamente louvor aos feitos do povo português e mito fundador de sua pátria, o livro se encontra ligado de forma indissolúvel à chegada dos portugueses ao Brasil e às nossas origens como nação.

POR MARES NUNCA DANTES NAVEGADOS

- Os portugueses, numa esquadra de quatro em-

Todos os deuses apoiavam a empreitada portuguesa? Por quê?

decidiu matar Inês de Castro, para obrigar o filho a um casamento de conveniência política. Levada à presença do rei, Inês suplicou por sua vida e pediu piedade por seus filhos, netos do soberano. Mas de nada adiantou, ela foi morta pelos carrascos. Após a morte, Inês de Castro foi coroada rainha. Por quê?

_____

_____

_____

_____

O GIGANTE ADAMASTOR

- Prosseguindo a narrativa de suas peripécias para o rei de Melinde, Vasco da Gama conta que viu uma nuvem imensa e terrível no céu, e dela surgiu um gigante, barbado, de cabelos despenteados e sujos e dentes amarelados, chamado Adamastor. Ele ameaçou os argonautas dizendo que todos que atravessarem aquela parte desconhecida do

Como Vênus salva a esquadra portuguesa?

_____

_____

_____

_____

A CHEGADA ÀS ÍNDIAS

- Quando os portugueses finalmente aportam em Calicute, capital da Índia, Vasco da Gama ajoelha-se na praia e eleva uma oração a Deus, agradecido pelo bom termo da longa jornada. Eles então travam conhecimento com a diversidade da cultura e dos costumes indianos e encontram um árabe que fala castelhano e lhes fornece informações sobre o país. Vasco da Gama se encontra com o líder indiano, o samorim, e propõe um acordo de comércio. Depois de longas negociações, o samorim acaba concordando em trocar mercadorias portuguesas por especiarias. Ainda uma última dificuldade ocorreu antes da partida dos portugueses. Qual foi?

des ventanias e tempestades. Adamastor falou de seus amores pela ninfa Tétis e de como sua paixão o levou a empreender uma guerra contra a armada de Netuno, o deus dos mares. Como punição, os deuses o transformaram em pedra.

O que representa de fato o gigante Adamastor?

_____

_____

_____

_____

_____

TEMPESTADE DE NETUNO, SALVAÇÃO DE VÊNUS

- Vendo que os portugueses dobraram a África e se encaminhavam para as Índias, Baco, encolerizado, rumou para o fundo dos oceanos em busca de Netuno, o deus dos mares, para solicitar-lhe que fizesse naufragar as naus de Vasco da Gama. Éolo, deus dos ventos, lançou uma violenta tempestade contra a esquadra portuguesa, que quase vai a pique, sendo salva pela intervenção de Vênus.

_____

_____

_____

_____

_____

_____

A MÁQUINA DO MUNDO E O FIM DA JORNADA

- Vasco da Gama e seus companheiros deleitam-se com os prazeres da Ilha dos Amores, depois da fatigante aventura da descoberta das Índias. A ninfa Tétis exibe a Vasco da Gama um globo de esferas concêntricas, numa floresta de pedras preciosas. O globo é a Máquina do Mundo, fabricada pelo Saber. A esquadra lusitana completa a aventura de volta a Portugal, onde é recebida com grande glória pelo povo e pelo rei D. Manuel.

O que, para você, representa a Máquina do Mundo?

_____

_____

_____

as Índias. Quais os objetivos principais da viagem de Vasco da Gama?

_____

_____

_____

_____

_____

_____

_____

_____

O CONCÍLIO DOS DEUSES

• Liderados por Júpiter (Zeus, na mitologia grega), pai de todos os deuses e juiz supremo, os imortais se reúnem em concílio no Olimpo para julgar o futuro do Oriente. Júpiter insiste no valor do povo português, que já havia se libertado do jugo mouro (os árabes muçulmanos) e vencido os castelhanos (espanhóis), e previa-lhe um futuro glorioso, com um império poderoso e o domínio de vastas porções do planeta.

_____

_____

_____

_____

_____

_____

_____

_____

INÊS DE CASTRO

• Em Melinde, Vasco da Gama narra o célebre caso de Inês de Castro. A bela dama de Coimbra apaixonou-se pelo príncipe herdeiro de Portugal, D. Pedro, filho do rei D. Afonso, e foi por ele correspondida. Mas, não sendo de nascimento nobre, não poderia se casar com o príncipe, pois se tornaria princesa e futura rainha de Portugal. Fiel ao amor de Inês, D. Pedro recusou as propostas de casamento de fidalgas e princesas. Essa atitude irritou o povo português, e o rei D. Afonso